脳科学捜査官　真田夏希

デンジャラス・ゴールド

鳴神響一

角川文庫
22504

目次

第一章　愉快なかもめ★百合さん

【1】　@二〇二〇年三月三十日（月）

神奈川県北西部、西丹沢《にしたんざわ》のふもとに満々と湖水をたたえる丹沢湖は、酒匂《さかわ》ダムによって昭和五十三年（一九七八）に誕生した人造湖である。

丹沢湖駐在所の武田《たけだ》警部補は、八十ccのスクーターでパトロールをしていた。

三月終わりの月曜日は風が強かったためもあって、観光客の姿は少なかった。

ダム広場公園のソメイヨシノは七分咲きで、レンタサイクルで周辺をまわっている観光客も、自転車を止めては薄紅色の桜に見入っている。

誰もが幸せな笑顔を浮かべていた。

スクーターを停めた武田は、平和な光景に目を細めた。

こんな日ばかりなら、駐在所勤務は悪くない。

河内川《かわちがわ》に架かる吊《つ》り橋近くまで下りて来たときのことである。

「見てみてすごぉい」

「わぉっ。大迫力だ」

前方からカップルの会話が聞こえてきた。

武田はあわてて吊り橋へと急いだ。

樹木が切れて視界が広がった。

百メートル近い高さのコンクリートのダム壁がそそり立っている。

「な、なんだぁ」

武田は叫んだ。

激しい勢いで導流壁いっぱいに水流が噴き出ている。

陽差しを浴びてしぶきの幕に虹《にじ》が架かっていた。

「あり得ん……」

武田は喉《のど》の奥でうなった。

いま目の前で起きている光景が信じられなかった。

ダムの水門は洪水放流設備であって、豪雨時などにダムの貯水量が増えすぎたときに溢水《いっすい》を防ぐために開くものである。水道と発電のためにはまったく別の常用放流設備が設置されていて、必要な量の水を放流している。

酒匂ダムでは六月十五日から十月十五日の「洪水期」には水位をあらかじめ満水位か

ら四・七メートル下げて、洪水調節を行って豪雨に備えていた。

台風などで水位が上がりすぎたときには慎重な判断でダムの水門からゲート放流を行って、丹沢湖の水があふれ出ないような措置をとっている。

だが、現在の「非洪水期」にはダムにいっぱい水を貯《た》めている。水道と発電の用に供しているのである。

いまの時季にゲート放流が行われることはない。

ここのところたいした雨も降っていないし、もちろん溢水の危険性などあるはずもなかった。

だいいち大規模なゲート放流があるときには、事前に酒匂《さかわ》川《がわ》水系ダム管理事務所から駐在所にも連絡が入ることになっている。

武田はスマホを取り出して、駐在所のお隣さんといっていい場所にあるダム管理事務所に電話を入れた。

「こちら丹沢湖駐在の武田ですがね」

「ああ、駐在さん」

係員の男性のあわて声が返ってきた。

「ダムからフル放流してますよ」

「そ、そうなんです。当方でもたったいま確認しました」

電話の向こうで係員の舌がもつれた。

「うちにはゲート放流の情報入ってないんですが？」

「ええ、本日、ゲート放流の予定はありません」

「だけどね、いま現在、盛大に放流してますよ」

武田の声は尖《とが》った。

「いや……それが……どういうわけでゲート放流システムが起動しているのかが……」

係員の言い訳めいた声が聞こえた。

「え？　そちらで放流始めたんじゃないんですか」

武田は我が耳を疑った。

「いまうちのほうでも全力で停止の操作を行っているんですが……」

「停められないんですか」

「あり得ないことが起きているんです。いま技術チーム総動員で対応しています」

緊迫した係の声が耳もとで響いた。

河内川沿いに立つ電光掲示板に放流を警告する「酒匂ダム放流中」のメッセージが表示された。

川から離れるように指示する自動アナウンスも流れ始めた。

「下流の河原で釣りやバーベキューをしている人がいるかもしれないんですよ」

武田は不安いっぱいで問い詰めた。

「は、はい……承知しています」

相手の声は震えた。

「増水したら大変なことになりますよ」

「わかっています。いま広報車が出るところです」

「避難が間に合わなかったらどうするんですか」

武田はさらにきつい調子で言葉を続けた。

「放流はもう停められるはずです」

相手は弱りきった声で答えた。

これ以上、管理事務所を責め続けても仕方がない。

「大至急でお願いします」

電話を切った武田は、下流の頼政《よりまさ》神社近くのオートキャンプ場へ向かってスクーターを走らせた。

キャンプ場下の河原では釣り人の影を見ることも少なくない。

河原へ下りてゆく小道で、自動アナウンスの警告に従い、釣りをあきらめた何人かの釣り人とすれ違った。

だが、河原の砂利には竿《さお》を出す釣り人の姿がまだちらほら見られた。

ふだんより水位が上がっている。

薄緑色の水流が岩にぶつかって白い波が湧き起こり始めた。

雨も降っていないときに、こんな状態の河内川を見たことはなかった。

「増水しています。すぐに川から上がって下さぁい」

武田は声を限りに叫んだ。

釣り人たちは驚いたように振り返り、ばらばらと竿をしまい始めた。

この場所が狭い峡谷になっておらず、水位の上昇がそれほどでもなかったことを武田は神に感謝した。

「こちらは酒匂ダム管理事務所です。ただいま緊急放流を行っています。ただちに河原から離れて下さい」

上の駐車場から、県の広報車のラウドスピーカーの緊張した警告が聞こえてきた。

すでに河原に人影はなかった。

被害が生じないうちに、危険地域から人々が去ったことに武田は胸をなで下ろした。

「しかし、いったいどういうことなんだ……」

首を傾げる武田の背後で、広報車の野太い声が続いていた。

結局、この放流は八分間ほどで終わり、実際の人的物的被害は生じなかった。

だが、二度と起きてはならない事態であることは間違いがない。

神奈川県はもちろん、国土交通省も調査チームを現地に派遣して、今回の異常放流の原因を調べた。

一週間後に「計測機器等の故障によりダム水量管理システムが誤作動して自動放流された」との調査結果が発表された。

やがてこの問題は世間から忘れられていった。

【2】　@二〇二〇年四月三十日（木）

「やっぱりいいなぁ」

海岸通《かいがんどお》りの県警本部に公用で出かけた帰り道、真田《さなだ》夏希《なつき》は関内《かんない》駅まで真っ直ぐ続く関内さくら通りを歩いていた。

さくら通りが本町通《ほんちょうどお》りと交差するハローワークの角あたりから入船通《いりふねどお》りの先あたりまでは、道の両脇にカンザンという八重桜が植えられている。

カンザンは塩漬けにして食用とする桜でもある。ほんのり薫る桜湯や、アンパンの上に載っている桜はこのカンザンである。

ソメイヨシノはとっくに散ってしまったが、カンザンはまだまだ残っていて、さかんに花吹雪が舞っていた。

この通りで八重桜を見る春は何度目だろう。

濃いピンクのボリュームある花を見上げながら、夏希は豊かな気持ちに包まれていた。

横浜《よこはま》市営地下鉄ブルーラインの舞岡《まいおか》駅を出たときも、鼻歌が出てきた。

だが、自宅マンションへの坂道を上り始めた頃から、夏希のこころを憂鬱《ゆううつ》な黒雲が覆い始めた。

横浜駅地下で買ってきた惣菜《そうざい》類やシェリー酒を冷蔵庫に入れて、ミネラルウォーターで喉を潤す。

ふだんならこれから素敵な一人きりのオフタイムが始まるはずなのだ。

たっぷり時間をかけたお風呂《ふろ》で疲れを癒やして、心地よい音楽を聴きながら、美味《おい》しい惣菜を肴《さかな》にお酒を楽しむ。

楽しい映画を視て、ちょっと疲れた頃にベッドに潜り込む。夏希の仕事へのエネルギーを充電してくれる大切な時間のはずだった。

ここしばらくは違った。

バスタイムの前にチェックしなければならないことがあった。

夏希はテーブルに置いてあるＰＣのスイッチを入れた。

最近はＰＣを起《た》ち上げるのが恐怖になっている。

「まただ……」

県警相談フォームのサイトにアクセスした夏希は大きくため息をついた。

波龍《はりゅう》という名のバーチャルライバー（いわゆるＶチューバー）から、かもめ★百合《ゆり》あてのメッセージが入っていた。わずかに十分ほど前の着信だった。

――やぁ、かもめ★百合さんこんばんは。波龍だよ。今夜も素敵なコンテンツを用意したよ。ゆっくり楽しんでね。

ニカニカ動画の波龍のチャンネル「愉快なかもめ★百合さん」にアクセスすると、サウンドロゴにあわせて今回のお題が赤い文字でデカデカと表示された。

夏希の血圧を上げるお題は「マシュマロボーイ事件のかもめ★百合もおまぬけ」だった。

見たくはないが、無視するわけにはゆかなかった。

不愉快な動画は、今回で三回目のアップだった。

なぜか月末日と翌一日《ついたち》の午後六時に二日続けてアップされる。

メガネをかけた若い男性のCGが画面に現れ、合成音声で喋《しゃべ》り始めた。

「やぁ、全国のかもめ★百合ファン諸君こんにちは。波龍です。今日は彼女が最初に挑戦したマシュマロボーイ事件を分析してみよう……」

波龍は得々とあの冬の事件の概要を説明し始めた。

動画が最後に近づいて来て、いつものように波龍の言葉はどんどん辛辣《しんらつ》なものになってきた。

「だいたい、かもめ★百合はね、マシュマロボーイに翻弄《ほんろう》されて、港《みなと》の見《み》える丘《おか》公園やせせらぎ公園や岸根《きしね》公園とあちこちまぬけに歩き廻《まわ》らされていたんだ。あっちをウロウロこっちをウロウロしてたんだぜ。おまけに三《み》ツ池《いけ》公園と氷《ひ》川丸《かわまる》にはマシュマロボーイの罠《わな》にはまってだまされて駆けつけたんだ。三ツ池公園でも目撃者がいるし、氷川丸でも何人もがかもめ★百合の姿を見ている。だけど、ぜんぶトラップだったんだ」

波龍は、夏希を徹底的に罵倒《ばとう》し嘲笑《ちょうしょう》した。

夏希の血圧は上昇していった。

再生回数はどんどん上がってゆく。多いときには十万回を超えるのだ。

こんな動画をおもしろがる人間の気が知れない。

動画のコメント欄が閉じられていることがわずかな救いだった。動画自体でムカついた上に、心なき視聴者のコメントまで読まされたのでは、夏希の血管は爆発してしまうだろう。

「だいたい氷川丸なんかに行っていなければ、マシュマロボーイは逮捕できたんだよ。なにが神奈川県警一の頭脳だよ。おバカ丸出しじゃないか。あはははは」

合成音声の笑い声を聞いているうちに、夏希を吐き気が襲った。

動画が終わったときには、夏希の気分は最低最悪になっていた。

それでも相談フォームに、波龍あての返信メッセージで苦情を入れた。

最初の日に無視したら、波龍は次の動画をアップすると脅迫してきたのである。

返答しても、結局、動画はアップされた。

それでも夏希は答えを返すことに決めた。

――こんなことして何が楽しいの？　波龍さん性格悪すぎだよ。もうやめてください。

波龍からはすぐに返信があった。

――おバカなあなたに、たくさんのもっとおバカなファンがついているのがヤなんだよ。

――やめてくれないならこちらにも考えがあります。

だが、いつものように波龍からの返信はそれっきりだった。

夏希はムカムカする気持ちをなんとかしたかった。

「やっぱりお風呂だな……」

仕事で気分が最悪に落ち込んだときと同じく、バスタイムで気分を切り替えることにした。

今日はいつものバスソルトではなく、アメリカの砂漠に積もった火山灰が数百万年から数億年もの間、地中で化学変化したモンモリロナイトというクレイ入浴剤を選んでみた。

ミネラル成分が豊富で、美肌はもちろんデトックス効果があるし、冷え性にも効くそうだ。

バスタブのお湯にゆっくり溶かしてから入ってみると、思ったよりもさらりとしていて驚かされた。

たしかによく温まるので冬場にはよいように思われた。

「やっぱり香りがほしいなぁ」

夏希はハーブやフルーツの香りのリラックス効果が好きだった。

物足りなさを感じつつも肌がなめらかになったような気がして夏希は湯から上がった。

風呂から上がった夏希は《カフェ・デル・マー》のコンピレーションＣＤ『ＸＸＶ』を流し始めた。

《カフェ・デル・マー》は、スペインのイビサ島にあるチルアウト・ミュージックの聖地といわれるカフェで、その選曲をマドンナが絶賛したことでも知られている。

二曲目、英国のヘンリー・ビンズとサム・ハーディカーのデュオ〝ZERO 7〟の〝Likufanele〟を聴いているうちに段々と気分がほぐれてきた。

ゆるいビートに乗ったコーラスがフリューゲルホルンに替わり、フルートが絡んでくるあたりで、ようやく夏希は夕食をとる気分になってきた。

藤沢《ふじさわ》トマトのマリネサラダと、鎌倉《かまくら》タコのセビチェを肴にシェリーを飲んでいると、スマホが鳴動した。

スマホには警備部管理官の小早川《こばやかわ》秀明《ひであき》警視の名前が表示されていた。

夏希とほぼ同年齢のキャリア官僚である。秀才タイプだが、捜査で一緒になっているうちに、ドルオタの横顔を持っていることが明らかになってきた。

　せっかくリラックスしたのに台なしである。

　夏希は気が重くなった。

「こんばんは」

「いやぁ、またアップされてましたね」

　電話を取ると、小早川の気の毒そうな声が響いた。

　彼は波龍の動画がアップされるたびにこうして電話してくるのだ。今夜はとくに反応が早いような気がする。

「もう視たんですか」

「ええ、今日は月末じゃないですか。待機していたら一時間ほど前にアップされましたから」

　あんな嫌な動画がアップされるのを待っていることもあるまいに。

「毎回、決まって六時ですね」

「決まった日の決まった時刻にアップするほうが視聴者がつきやすいんですよ。これで三回目ですよ。今夜はマシュマロボーイ事件でしたね。あの事件だって真田《さなだ》さんがいなかったら、どんなに被害が拡大したかわかりませんよ。本当に大金星だったじゃないですか」

「ありがとうございます」

小早川の賞賛にもかかわらず夏希の声は沈んだ。

たしかに最後の爆発では被害を出さずに済んだ。しかし、マシュマロボーイを助けられなかった。夏希には苦い記憶でしかない。

波龍にえぐられた傷を、ふたたび小早川にえぐられているような気がする。

「昨日も言いましたが、うちのほうでニカ動の投稿者を特定するために解析しています。ふつうは簡単なんですけど、相当に複雑な方法でＩＰアドレスを秘匿しているようです。フォームでのやりとりもたいしたことないですね」

小早川は県警フォームに投稿された内容を確認するためのパスワードはもちろん知っている。

「そうですね。毎回、わたしをあざ笑うだけで意味のある発言はしていません」

「こちらの発信元ＩＰも解析中ですが、例のゲリラメール使ってますから困難ですね。それにしても、まったくもって許せないヤツですよね」

小早川は吐き捨てるようにいった。

「はっきり言ってストレス溜《た》まりまくりです」

夏希は波龍に対する正直な気持ちを口にした。

「ＩＰが特定できたら、プロバイダに情報提供させましょう。もうすぐ首根っこを押さえてやりますよ」

小早川は息巻いた。

続けて小早川への正直な気持ちを伝えなければならない。かなり遠慮して……。

「あの……お願いがあるのですけど」

「なんでしょう？」

「小早川さんにはとても感謝しています。お気遣い頂いて」

「仲間として当然ですよ」

小早川の得意げな声が響いた。

「でも、お忙しいと思いますし、毎回チェックしてくださらなくても大丈夫です」

夏希は丁重にやんわりとお断りの言葉を投げかけた。

「そんな水くさいこと言わないでくださいよ。たくさんの事件を一緒に解決してきた仲じゃないですか。今までの動画はすべてチェックして詳細に記録をとっています。名誉毀《き》損《そん》罪で波龍を訴追しなくちゃならないですから」

だが、小早川には少しも通じていなかった。

「ありがとうございます。でも、本当にお手間をお掛けしたくないので」

放っておいてくれ、とはさすがに言えなかった。

「どうぞご遠慮なく。真田さんのお役に立てて嬉《うれ》しいですよ」

「はぁ……」

この男に婉曲《えんきょく》表現はまったく無意味なようだ。

「また、捜査本部でお目に掛かれるのを楽しみにしていますよ。では」

捜査本部に呼ばれるのは決していいことではないのだが、小早川の口調は快活だった。

「はい……ありがとうございました」

電話は切れた。

たしかに小早川の好意はありがたい。

しかし、バスタイムや音楽、晩餐《ばんさん》と時間を掛けてようやく立ち直った夏希の気分は、小早川の電話によって一挙に動画を見たときの状態に戻された。

自分自身の抑うつ状態や、その状態に陥った原因や結果を考え続けることを心理学用語で「反芻《はんすう》」と呼ぶ。反芻はさまざまな悪影響をこころに及ぼすおそれがある。マイナス思考のループに陥って抑うつ状態を悪化させることもある。

たとえば、アメリカ合衆国の心理学者ガイ・ウィンチは、カウンセリングなどで悩みを話すことが必ずしもクライエントにプラスとならないと指摘している。ウィンチは苦しいときは話すというメソッドに否定的な立場をとっており、カウンセリングもひとつやり方を間違えると、こころの傷にできたかさぶたを剥《は》がすことにつながると主張している。

だからこそ、夏希は反芻を避けるためにバスタイムなどを活用しているのだ。それだけに、すべてを思い出させる小早川の電話は「ありがた迷惑」だった。

夏希の気分はふたたび最悪になってしまった。

飲み直すことにして、夏希はキッチンに向かった。

裏の林で夜鳥が寝ぼけてひと声鳴いた。

「そうだ……あの人にメールしてみようかな」

夏希は昨日メールをもらっていた北条直人《ほうじょうなおと》を思い浮かべた。

警視庁の警視で、警察庁警備局の織田信和《おだのぶかず》理事官や県警刑事部根岸《ねぎし》分室長の上杉輝久《うえすぎてるひさ》室長と同期採用のキャリア官僚との話だった。

上杉からメアドを教えていいかと電話で尋ねてきたのでＯＫした。

電話口の上杉は「真田に興味があるらしいぞ。俺は真田のことなんぞ決してお奨《すす》めしてないんだけどな」と失礼なことを言って笑っていた。

上杉からの電話を切って程なく、北条から「上杉からお噂をかねがね伺っています。一度お食事でもご一緒しませんか」とメールが来た。

北条が会いたいという理由はよくわからないが、交際のきっかけとなる可能性はある。ただ、織田の同期生だということが引っかかっていた。夏希がほかの男性とデートしたところで、織田は文句は言わないはずだし、そんな特別な関係でもない。

でも、その相手が自分の同期生だとすると、織田もおもしろくないかもしれない。

そんな迷いから返事をしていなかった。

夏希は「ふつうの結婚」を求める婚活をあきらめてはいなかった。

幸せホルモンとも俗称されるオキシトシン。この神経伝達物質が不足すると、不安感を抱きやすくなったり、イライラしやすくなったりする。

ずっと前から、夏希の脳内オキシトシンは分泌不足となっていると感じている。

オキシトシンは恋人同士のスキンシップや心地のよい性行為では顕著に分泌される。結婚こそがこの状況を改善できるもっとも有効な手段であると信じて、夏希は相手にふさわしい相手を探していた。だが、いまのところ生活をともにできるような男を見つけることはできずにいた。

何回かデートした織田との中途半端な関係も少しも進展していない。

上杉や織田と同期採用のキャリアなら、あるいは話が合うかもしれない。それ以前に相手の正体に不安もない。

かつては成り行きからドライブした男に殺されそうになったこともあるのだ。

北条と会うことに、その意味での不安はなかった。

スマホを手にした夏希は「お誘いありがとうございます。お食事のお話とても嬉しいです」と返信した。

するとすぐに「嬉しいです。明日《あした》の夕食ではどうですか？」と性急な返事が来た。

驚きつつもＯＫすると「明日の午後六時半に横浜ベイクォーターのトラットリア《エトナマーレ》でお待ちしています」と場所と時間を指定してきた。

夏希は「楽しみにしています」と答えて会食の約束は成立した。

返事をした後になって、夏希はかえって落ち込んでしまった。

波龍のせいでむしゃくしゃしている気分を、知らない男との食事で解消しようとしている自分が情けなく思えてきたのである。

そうなると、妙な反芻が始まってしまった。

マシュマロボーイ事件の悲劇の場面が何度も思い浮かんできた。

「仕方ない。もっと飲もう」

夏希はあまり健全とはいえない反芻の回避方法を選択することにした。

やはり酔い心地はよくなかった。

《カフェ・デル・マー》の音のゆらぎも夏希のこころを解放してはくれなかった。

十二時を過ぎてから、夏希は倒れ込むようにベッドに入った。

【3】　@二〇二〇年五月一日（金）

翌日の仕事も定時から三十分ほどで上がれた。

夏希は自分が鼻歌を口ずさんでいることに驚いた。

昨夜、落ち込んで酒で紛らわせていたくせに、なぜか心が浮き立っているのである。

いちおうはコーデも気を遣ってみた。

職場ではちょっと派手かなとは思ったが、会食用に淡いグリーン系のボタニカル柄のフレアワンピースを選んできた。

科捜研を出て日本大通りの駅へ向かう夏希の足取りは軽かった。

横浜駅きた東口からだと「ベイクォーターウォーク」と名づけられた歩行者デッキを歩いて二、三分で横浜ベイクォーターに着く。

帷子川《かたびらがわ》や運河のような派《は》新田《あらた》間《ま》川《がわ》を目の前にして、ベイサイドなリゾート感のある大型商業施設である。

二階にはシーバス乗り場があって、山下《やました》公園やみなとみらい地区へのアクセスも便利な場所だ。

北条が指定したトラットリア《エトナマーレ》は四階にあった。

店頭にメニュー表が出ているようなカジュアルなお店だったが、リラックスできていいなと思った。

初対面の人と会う緊張感に、高級レストランの緊張感が重なってはつらい。駅からも近く入りやすい雰囲気で、ベストチョイスだと感じた。

ときにはイタリア音楽のライブも開催されるらしい。

入口で北条の名を告げると、スタッフが窓際へと案内してくれた。

窓の向こうにはいくつかの高層オフィスビルやマンションが建ち並んで無数のガラス窓が西陽を受けて華やかなシャンパンゴールドに輝いている。

最近はご無《ぶ》沙《さ》汰《た》だが、織田と何回か行った素敵なバー《帆　HAN》のあるビルも見えていた。

夏希のこころにちらっと織田の横顔がよぎった。

ひろい店内はそこそこ混んでいたが、まだ余裕のある雰囲気だった。カジュアルなお店だけに、会社帰りの若い女性たちの小グループが多い。

いちばん奥の眺めのよい席に、グレーのトラッド系スーツを着た男が一人で座っていた。

マイクロチェック柄がオシャレだった。

笑みを浮かべて夏希が歩み寄ってゆくと、男は椅子から立ち上がった。引き締まった筋肉質の身体が目立つ。

「はじめまして、真田さん。北条です」

やや低めの声で北条は歯切れよく名乗った。

「こんばんは。はじめまして」

夏希の声に応《こた》えて北条は掌《てのひら》で椅子を勧めた。

「お目に掛かれて光栄です。お噂はかねがね上杉から聞いています」

北条はさわやかな笑みを浮かべた。

眼窩《がんか》が深く鼻梁《びりょう》が秀でた容貌《ようぼう》はミックスにも見える。

輝く瞳《ひとみ》は知性を感じさせるが、夏希を見つめる鋭さにいくぶんたじろいだ。

「お誘い頂き嬉《うれ》しいです」

当たり障りなく答えると、北条の目つきはやわらかいものに変わった。

「お酒は召し上がりますか」

「ええ、嫌いではありません」

夏希は遠慮がちに答えた。

「ここは窯焼きピザが有名らしいですが、まずはアンティパストといきましょうか。それと、スプマンテではいかがですか」

「いいですね。どちらかといえば辛口が好きです」

スパークリングワインは大好きだが、甘口のものは苦手だった。

「承知しました」

北条はワインリストから《セグレテ・ヴィーニェ》を選び出した。

シャンパンと同じ瓶内二次発酵方式で醸造されるピエモンテ州のスプマンテで、夏希も大好きな銘柄だった。

「このお店では小田原《おだわら》港の朝獲《あさど》れ魚介や旬の三浦《みうら》野菜を使っているらしいですよ。苦手な食材はありませんか」

メニューをひろげながら北条が訊《き》いた。

「わたし嫌いなものってあんまりないんです。ナマコくらいかな」

樹脂のようなあの食感と匂いが好きになれなかった。

「たぶん、長ネギとナマコのオイスターソース炒《いた》めは置いてないでしょう」

北条は小さく笑った。

「うふふ……おまかせしてもいいですか」

やはり緊張しているのだろう。メニューを見ても夏希の視線は上滑りしていた。

スタッフがスプマンテとイサキのカルパッチョ、ホワイトアスパラガスのグリルを持って来た。

「それでは出会いを祝して乾杯！」

「乾杯！」

二人はグラスを掲げた。はじける泡が心地よい。

「真田さんのお仕事ぶりには本当に驚くばかりです」

「まだまだ未熟でお恥ずかしいです」

近くのテーブルは空いていたので、仕事の話となってもそれほど声をひそめる必要はなかった。

「上杉は真田さんのことをすごく評価していましてね」

照れくさくなった夏希は話題を変えたかった。

「北条さんは、上杉さんや織田さんとは同期採用と伺っていますが」

「ええ、そうです。三人とも同じ大学の出身なんです。だけど、僕は二人のことを学生時代には知りませんでした」

となると、北条もまた、東京大学の卒業生なのだ。

空になった夏希のグラスにスプマンテを注ぎながら、北条は言葉を継いだ。

「三人ともキャラがぜんぜん違うんだけど、入庁してからはウマが合いました。警察大学校の頃は、しょっちゅう飲んでましたよ」

キャリア警察官は採用されると、幹部警察官を対象に研修を行う東京都府中《ふちゅう》市の警察大学校で半年間の研修を受ける。一般の警察官は警部に昇進する際に入校する教育機関である。

文部科学省所管の「大学」とは異なり、「大学校」の名称については法令上の制限がないため、さまざまな組織が比較的自由に用いている。

「仲よしなんですね。でも、上杉さんと織田さんはライバルなんじゃないんですか」

「そう……どこか張り合っているところがありますね。でも、実は大の仲よしですよ。僕がヤキモチを焼くくらいでした」

「まさか……」

ちょっと意外な言葉だった。

「いや、本当です。上杉はよく織田に勉強を教えてもらっていました。で、上杉はお礼だと言って織田に飯をおごっていた。二人は大学でも親しかったから、学生時代からそういう仲だったらしいんです。二人の関係には僕は入れなくて」

あの上杉が織田に頭を下げて勉強を教わっていたとは。

「そんなに仲よしだったなんて信じられないです」

カリナという一人の女を愛したことで、二人は張り合うようになったのかもしれない。

もちろんカリナの話は知りたかったが、出会ったばかりの北条に訊くことははばかられた。

「でも、まぁ、僕と織田の間にも強烈な想い出があるんですけどね」

「え？　どんなことがあったんですか」

「こいつは口がすべった」

北条は頭を掻《か》いたが、話したがっているのだなと夏希は感じた。

「教えてください」

「織田と上杉には黙っていてくださいよ」

北条はわざとのように声をひそめた。

「もちろんです」

夏希はまじめな顔つきを作ってうなずいた。

「警察大学校の夏休みがありまして、僕たち三人は宮城県の栗駒《くりこま》山中にある秘湯の宿に連泊の予定で出かけました。すごい山奥でレンタカーを停めた場所から二十分も歩かなきゃならない場所でした。宿は美しい清流に面していて川沿いに大きな露天風呂もありました。警察から解放されたひとときです。僕たちは到着するなり真っ裸になって露天風呂に飛び込んだものです」

木漏れ日が舞う山奥の露天風呂で歓声を上げる若き日の三人の姿を、夏希はほほえましく思い浮かべた。

「連泊の楽しいところは中一日です。僕たちは朝から川で泳いで大岩の上で甲羅干ししてビールを飲んだり、何度も露天風呂に入ったりしてすごしました。とくに露天風呂の真ん前の川は水深が一・五メートルくらいで、快適な水流がありました。その流れに身を委《ゆだ》ねると自然に下流へ進むから気持ちよく泳げるんです。僕の故郷ではそうして流れに乗って泳ぐことをナンガレと呼んでいました」

「ナンガレですか」

その語感が可愛らしく夏希は反復してみた。

「ええ、故郷ではそうした遊びをナンガレと呼びます。水流の力で身体がすーっと下流に運ばれてゆくので、自分がヤマメかイワナかなんかになったように思えてとても気持ちがいいんです」

北条の口調は楽しげだった。

「川遊びをよくなさっていたんですね」

「僕は岩手県の閉伊《へい》川《がわ》の上流で幼少期を過ごしましたんで」

「岩手のご出身なんですか」

「はい。現在の地名で区界《くざかい》という土地です。二〇一〇年に宮古《みやこ》市に編入されましたが、僕が子どもの頃は川井《かわい》村でした。宮古とは百キロも離れていて盛岡《もりおか》のほうがずっと近いので宮古市より盛岡市との結びつきがつよい土地です。山田《やまだ》線の駅が近いので山奥にしては便利な場所です」

地理にあまり詳しくない夏希だが、山深い土地なのだろう。目の前にいる北条はどこか都会的な雰囲気を身につけていて、とても山奥の育ちとは思えない。

「で、ある程度酔いがまわってから、織田がナンガレをやろうと言い出しました。僕は危ないと思って止めたんですが、織田は僕の制止を振り切って飛び込んでしまいました」

「あの織田さんが？」

夏希は驚きの声を上げた。

冷静沈着な織田の行動とは思えなかった。彼の場合、若さは愚かさだったのだろうか。夏希が知っている織田はかなり成熟した姿なのかもしれない。

「飛び込んでまもなく、織田が両手をバタバタさせ始めました。僕の心配に違《たが》わず溺《おぼ》れたのです。僕自身も酔っているので不安でしたが、無我夢中で飛び込んで後ろから近づいてなんとか織田を近くの浅瀬まで引っ張っていけました」

「危ないところでしたね」

一瞬、血が引いた。

夏希は医師だから、溺水《できすい》事故の危険性もある程度は知っている。織田は死んでいてもなんの不思議もない。人間は三〇センチの水深でも溺死する可能性があるのだ。

「ええ、織田はしがみつきそうになるし、僕も生命《いのち》の危機を感じました。二重遭難の危険性もありました」

「織田さんは思慮がなさ過ぎますよ。二人の人間の生命が危なかったなんて」

夏希の声は尖《とが》ってしまった。

いま怒ってみても仕方がないのだが……。

北条はちょっとたじろいで言葉を続けた。

「幸いすぐに引き揚げたので織田はたいして水も飲んでおらず、ちょっと休んだだけで回復しました。好天が続いて川の流れがそれほどでもなかったことが幸いしたようです」

「北条さんが川に慣れていらっしゃったからだと思います。織田さんにとって北条さんは生命の恩人ですね」

「大げさに言えばね」

北条は冗談めかして片目をつぶった。

自分の大功績を誇ろうともしない謙虚な姿に夏希は好感を覚えた。

「酔っ払って海や川に入って亡くなる事故は日本中で後を絶ちません。ほんのちょっとしたことで死んでしまうのが人間なんです」

夏希の口調はついきついものとなった。

全国の救急診療医師が苦労している。

「僕も祖父《じい》さんや親父から、川の怖さは何度も聞かされて育ちました。たとえば、少しでも川が濁っていたら絶対に水に入ってはいけないとか、雨が降った後は晴れていても危ないとか、川遊びは長くても三十分くらいにしろとかね……織田はそういうことは知らなかったんですよ」

「だって織田さんも山がちな長野県の出身なのに……」

「織田は松本《まつもと》の住宅地の出身ですから、山奥の川泳ぎなんてあまり経験がなかったんでしょう。まぁ、まだ二十二か二十三歳の頃ですから、若気の至りってヤツですよ」

「若気の至りじゃすまされませんよ」

夏希の声はまたも尖った。

なんでこんなに腹が立つのかわからなかった。もしかすると、織田が危ない行動をとって生命の危険にさらされたことへの恐怖感のためなのかもしれない。

十数年後のいまとなっては意味のない怒りなのだが。

「織田はしょげかえっていて見ているのも気の毒なくらいでした。僕がさんざん励まして、ようやくふだんの調子に戻ったんですけどね」

「で、そのとき上杉さんは？」

張り切って救難活動しそうな上杉の名前が出てこない。

「酔っ払って部屋で寝ていました」

「あ、上杉さんらしい」

「でしょ？」

二人で声を立てて笑いあった。

織田の溺水事件の話で、北条とはすっかり打ち解けられたような気がした。

「北条さんは警視庁にお勤めなんですよね」

「ええ、現在は」

「どんなお仕事をなさっているのですか」

「まぁ、だいたい警察庁の織田の仕事に近いです」

北条があまり話したくなさそうなので、この話題は切り上げることにした。

その後は、北条が夏希が過去に扱った事件についての話をしてきた。

夏希が関わった事件について、北条はかなり詳しく知っていた。

よほどのことがない限り神奈川県警が警視庁に対して情報提供をするわけではないので、上杉から聞いているのだろう。

「いままでにない事件の解決手腕に、これからの捜査のあり方を考えさせられました。真田さんはこれからの警察組織に欠くことのできない人物だと思います」

賞賛の言葉が続いた。

「いえ……残念な思いが多いです」

夏希としてはどの事件についても悔いが残る部分があって、あまり嬉《うれ》しくはなかった。

そんな顔色を見てか、北条は話題を切り替えた。

「ところで、最近、なにかおもしろい事件はありませんでしたか」

「実は波龍というバーチャルライバーがいまして……」

決しておもしろい事件ではないのだが、波龍の動画にストレスを感じている話を聞かせた。

北条は目を輝かせて興味深そうに聞いていた。

「では、県警フォームを通じて波龍は真田さんにメッセージを送ってきているのですね」

「ええ……でも、たいした反応はなく、いわば挑戦状のようなものですね」

「挑戦を繰り返す点は、いままでの事件の犯人像と似ていますね」

「たしかに……」

　言われてみればその通りだ。

「真田さんは波龍という人物についてなにか心当たりはありませんか」

「まったくありません」

「最近、知り合いになった人物などでそれらしき人はいないのですか」

「いいえ。とくには……」

「動画に出てくるような若い男でなくてもよいのです。たとえば、老人かもしれないし、女性かもしれない。たとえば少女であってもおかしくないのです」

　北条の目が光った。

「やっぱり思い当たる人はいないですね」

「なるほど……」

　静かに北条はうなずいた。

「ほかになにか、気になるような事件の噂などは聞いていませんか」

　夏希の目を覗《のぞ》き込むようにして、北条はゆっくりと尋ねた。

「そうですね。とくには」

ここのところ、大きな事件に呼ばれていなかった。

「たとえば、外国人が関係しているような事件の噂など耳にしたことはありませんか」

ふたたび、北条の目が光った。

「外国人……ですか？　いいえ」

夏希は首を横に振った。

「噂でもいいのです」

北条は重ねて問うた。

「なぜ、そんなことをお尋ねになるのですか」

夏希には不思議でならなかった。いままで外事警察とからんだことはない。

ほんの一瞬、北条は黙った。

「……僕は事件が警察官を呼ぶって考えてます。真田さんの周辺ではいまの世の中を象徴するような事件が起きて続けているので、勉強のために伺いたかったのです」

はぐらかすような北条の答えだった。

「たまたまの巡り合わせだと思うんですが」

複雑な事件に呼び出されることは事実だったが、心理分析官という職掌上、これは仕方がなかった。

「いや、真田さんのところには変わった事件や面白い事件が集まってくるのではないかと思いましてね」

「そんなことはありませんよ。偶然です」

変な事件ばかり自分のところに集まってきてはたまったものではない。

「ははは、お気を悪くしないで下さいね。ピザでも頼みましょうか」

北条は、それきり事件に関する話は打ち切った。

この店自慢の窯焼きピザは季節の地野菜とシチリア産アンチョビ載せのビアンカだったが、もっちり感が素晴らしかった。

ちょうどよいゆで加減のペスカトーレも魚介類が新鮮で美味しかった。

その後はお酒や料理などの当たり障りのない話題が続いた。

北条は、かなり幅広い音楽の知識を持っていたが、自宅で聴くのはほとんどがバロックだそうである。

夏希の目から見て、北条はなかなか魅力ある男だった。少なくとも織田に近いセンスや感覚を持っているように思われる。

二人は携帯番号やeコネクトのアカウントも交換した。

だが、食事が終わってからも北条は次の店に誘わなかった。

一杯くらい飲んでいってもよいと思ったが、二人は窓からの夜景を眺めながらベイクォーターウォークを横浜駅へと戻っていた。

「では、またお目に掛かりましょう」

「ええ、ぜひ」

横浜駅のきた東口改札で二人は別れた。

北条は都内ではなく、武蔵小杉《むさしこすぎ》のマンションに住んでいるとのことだった。横浜にも都心にも近い便利な街を選んだそうだ。

「ああ、今回もだめか……」

改札口へ入ってゆく北条を見送りながら、夏希は独り言をつぶやいた。

たった一回の会食では相手のキャラクターを把握することはではない。しかし、北条がまた会ってみたい男であることは間違いなかった。

だが、この別れ方だと次回はないかもしれない。

それにしても、北条はなんのために夏希と会おうとしたのだろうか。

夏希は織田や上杉の若き日の姿を聞けて楽しかったのだが。

謎を残しながら、夏希はブルーラインのホームを目指した。

第二章　静かなる犯行

【1】＠二〇二〇年八月三十一日（月）

八月も今日で終わりだったが、暑さはなかなかゆるんではくれなかった。

珍しく定時で帰れた夏希は、足取りも軽く横浜市営地下鉄ブルーライン舞岡駅の改札を出た。

県道を越える横断歩道で青信号を待っていると、北へ続く道に黒い犬のリードを持って歩いてくる一人の男の姿が視界に入った。

思いも掛けず大の仲よしに出会えて夏希の胸は弾んだ。

歩行者信号が青に変わると、横断歩道を走って渡った。

黒いスマートな影へと、夏希は息を弾ませて駆け寄っていった。

「アリシア！」

夏希は屈《かが》み込んでアリシアのスマートな胸元を抱きしめた。

「くぅん」

耳もとでアリシアの甘えたような声が聞こえる。

「会いたかったよ。アリシア」

夏希は少し身を離してアリシアの頭を撫《な》でた。

アリシアは舌を出してはぁはぁと息を吐きながら、つぶらな瞳《ひとみ》で夏希を見つめた。

「真田か……」

リードを持っていた男が言葉を発した。

アリシアの恋人、本部鑑識課の小川《おがわ》祐介《ゆうすけ》巡査部長である。

いつも通り呼び捨てだ。小川とは同い年くらいだし、階級はこちらが上だ。

「真田さんと呼びなさい」

いつものように、小川はごにょごにょとあいまいに口ごもって答えた。

デニムにＴシャツ姿なので非番なのだろうか。

「訓練センターに行ってたの？」

「ああ、そう。アリシアを散歩に連れ出しているところだ」

家の近所で小川やアリシアと出会うのは二度目だ。

ブルーラインの舞岡駅と下永谷《しもながや》駅の間くらいのところに警察犬訓練センターがあって、
アリシアはそこで預かってもらっていると聞いている。

夏希が頭から手を離すと、アリシアはお礼とばかりに夏希の手をペロペロなめている。

「早いじゃないか」

相変わらず素っ気ない調子で小川は続けた。

「うん、今日は珍しく定時で上がれたんだ」

「そうか……」

小川の顔はひどく淋《さび》しげだった。

アイドルグループ、《オレンジ☆スカッシュ》の事件からまだいくらも日にちが経ってはいなかった。

小川が推しに推していた小野木《おのぎ》ゆんと、リーダーの本多《ほんだ》杏奈《あんな》には悲しいことが多々あった。結局、事件後すぐにグループは解散してしまった。

マスメディアは興味本位な報道であふれたし、ネットでは目を覆いたくなるような中傷の嵐だった。ゆんの声優としての活動も、当面の間の休業という状況に追い込まれてしまっている。

小川なりに傷ついたことも少なくないはずだ。

《オレンジ☆スカッシュ》を失ったいまの小川は、なにを心の張りにして生きているのだろうか。アリシアだけなのかもしれない。

「やっぱりまだ元気出ないかな」

夏希は慎重に言葉を選んだ。

「なに言ってんだ。別に元気だよ」

小川は額に縦筋を浮かべて怒ったような声で答えた。

ゆっくり話を聞いてあげようと思ったが、いまはまだその時期ではないのかもしれない。

この近所には楽しく食事をできるような気の利いた店もない。

「まぁ、いいや。そのうち、ご飯でも食べに行こうね」

「ああ……」

小川は目をそらした。

ヒグラシの声があたりの林から涼しげに響いている。

「じゃあな」

小川はさらに素っ気なく言って、それでも片手を挙げた。

「アリシア、またね」

夏希が手を振ると、アリシアは尻尾《しっぽ》を激しく振って応《こた》えた。

小川は振り向きもせずに駅の方向へ歩き始めた。

横断歩道を渡って小さくなってゆくアリシアと小川の後ろ姿を、夏希はしばらく見送った。

思いも掛けずに大好きなアリシアと会えて、夏希のこころは明るくなった。

だが、今日は八月最終日だった。

憂鬱《ゆううつ》な気分が背中から襲ってきた。

帰宅してすぐ、夏希は波龍のチャンネル「愉快なかもめ★百合さん」にアクセスしてみた。

「やっぱり出てる……」

六時ちょうどに新しい動画がアップされていた。

黄色い文字で、「頭の中にも花火が上がっちゃった、かもめ★百合さん」のタイトルが躍っている。

画面では例のこまっしゃくれたメガネＣＧ男が、ジュード事件についての夏希の対応をこきおろしていた。

むろん、犯人が名乗ったジュードという仮名は世間に出ていないので、出てこなかった。だが、報道された事件の内容をもとに、夏希がいかに愚かであるかを推測を含めたかたちで批判していた。

これですでに十一回目のアップである。三月末以来、毎月の末日と初日に、波龍は几《き》帳面《ちょうめん》に不愉快な動画をアップし続けていた。

夏希が手がけた一回の事件を、波龍は二回から四回のアップで扱っている。

よくネタが尽きないなとあきれてしまうが、波龍はいままでネットに出たり報道されたりした情報をたんねんに集めているらしい。

「こんなおバカな女のファンなんてのは、それこそサル並みの頭しかないサルたちだよ。

おまえたちさっさとサル山にお帰りっ」

波龍が調子づいて動画は終わった。

夏希の気分は最悪になった。

食事をする気力もなく、夏希は冷蔵庫に向かった。

ソファに身を委《ゆだ》ねて、最近気に入っているクラフトビールを飲んでいると、スマホが鳴動した。

ディスプレイには小早川の名前が出ている。

動画アップの度に、小早川は相変わらず「励まし」の電話を入れてくる。

春に気負い込んでいたわりには、小早川による波龍の特定はまったく進展していなかった。

「もう嫌っ」

夏希はスマホの電源を落とした。

「反芻《はんすう》」によって、嫌な気分を増幅したくはなかった。

しばらくは電源を切っておこう。

二缶目のビールを開ける音が室内に響いた。

【2】@二〇二〇年九月一日（火）

次の朝、夏希はスマホの着信音で目が覚めた。

まだ六時半だった。

「うう、頭痛い……」

昨夜はつい飲み過ぎた。

ディスプレイには心理科長の中村一政《なかむらかずまさ》警部の名前が表示されている。

科捜研における夏希の直属の上司である。四十代後半の中村科長は鼻筋も通ってふだんのスーツの着こなしも悪くないが、刑事畑出身で目つきがよくない。

中村科長の目覚ましコールは事件発生の知らせ以外にはない。

最低な九月の始まりだ。

嫌な予感とともに夏希は電話を取った。

「真田、出番だぞ」

いつものようにおはようのあいさつもなしで、中村科長は切り出した。

「何が起きたんですか」

「誘拐事案だ」

「えっ？　誘拐ですか」

いきなり頭がはっきりした。

「江《え》の島《しま》署に指揮本部が立った。できるだけ早く直行しろ」

「わかりました」

誘拐事案に呼ばれたのは初めてだ。

いままでは犯人からのネットを通じた脅迫が伴う事案に対応することが多かった。

心理分析官である夏希が呼ばれるのは、何か特殊な事情があるのだろう。

などと考えつつ、シャワーを浴び、昨日買っておいたたまごサンドをコーヒーとともに急いで胃に収めた。

誘拐となると、一刻を争うはずだ。

ワードローブを眺め回して、夏希は今日のコーデを悩みつつもさっさと決めた。

トップスにはゆったりめの白のフリルブラウスを選び、ラベンダーのスティックパンツをボトムスにした。

クマゼミの暑苦しい鳴き声が響く坂道を、夏希は舞岡駅へと急いで下っていった。

丘の向こうにはクリームソーダのような入道雲が湧き上がっている。

舞岡駅から電車に乗った夏希は、江の島署に八時ちょうどに着いた。

かなり迅速に行動したつもりだが、それでも起こされてから一時間半は経っていた。

エレベーターで、捜査本部が設けられている四階に上がる。

いつもの大会議室に入ると、大きくスペースをとられた窓からは、浅瀬はターコイズ、深いところはサファイアブルーのツートーンカラーの海がひろがっている。左手には緑色の江の島がくっきりと存在を主張していた。

大会議室にはすでにたくさんの捜査員が集まっていた。

いつの間にか見覚えのある顔が多くなっている。

チャコールグレーのサマースーツに身を固めた佐竹義男《さたけよしお》刑事部管理官が近づいて来た。

「やっぱり真田の顔を見ると、難事件だという気がするな」

佐竹管理官はたたき上げの刑事出身で、商社マンを思わせる容貌《ようぼう》だが、刑事らしい鋭い目つきの四十代後半の警視である。

「おはようございます。佐竹さんと一緒なら安心です」

佐竹は気難しげに眉《まゆ》を寄せた。

「いや、今回はいつもと違うからね。むろんＳＩＳにも出張ってもらっている」

佐竹があごをしゃくった先には、濃紺のアサルトスーツに同色のキャップをかぶった一団が座っていた。

彼らはすでにヘッドセットに入ってくる情報を待っている態勢をとっていた。

隊員たちは夏希の姿を認めて、かるく会釈を送ってきた。

無骨な集団のなかの紅一点に、夏希は歩み寄っていった。

「島津《しまづ》さん、おはようございます」

「真田さん、お疲れさまです」

四係主任の島津冴美《さえみ》警部補は口もとにかすかな笑みを浮かべた。

「いちばん頼りになる人が参加してくれてるんですね」

ＳＩＳと略称される神奈川県警察特殊犯捜査係は、刑事部捜査一課の下に置かれ、誘拐・立てこもり事件について専門の特殊訓練を積んでいる。

「緊張しています」

冴美は頬をこわばらせて答えた。

「一刻を争う誘拐事案ですからね」

「それだけじゃないんです……被害者は十三歳の少女なんです」

「えっ、そうなんですか」

夏希の背中に汗がにじみ出た。

中村科長は被害者については触れなかった。

「若いので体力的には期待できる面もありますが、精神的には脆弱《ぜいじゃく》であって当然です。それに……」

冴美は言いよどんだ。

「性犯罪の被害に遭わないか心配ですね」

「はい、そんな被害だけは絶対に防がないと」

冴美は毅《き》然《ぜん》とした表情で眉をきりりと上げた。

「青木《あおき》副隊長の姿が見えませんね」

見慣れた隊員の何人かがここにはいない。

「青木をはじめ隊員の数名は被害者宅に詰めています。身代金目的だとすると、犯人からの電話が入る可能性が高いですから」

「いまのところ、犯人からの接触はないのですね」

「はい、接触は一切ありません」

冴美は顔色を曇らせた。

誘拐の目的はいったいなんだろう。

「真田、久しぶりだな」

背中から聞き覚えのある声が聞こえたので振り返ると、長めの黒髪に四角い顔の四十男が開襟シャツ姿で立っていた。江の島署刑事課の加藤《かとう》清文《きよふみ》巡査部長である。

「加藤さん、おはようございます」

「ああ……今回は嫌な事件だなぁ」

加藤は渋い声を出した。

「先輩、おはようございます。マジにヤバイ事案ですね」

隣に立つ石田《いしだ》三夫《みつお》巡査長が声を掛けてきた。ちょっとひねったところのあるような石田は珍しく白い半袖《はんそで》ポロシャツを着ていた。

「あれ？　石田さん応援？」

石田は捜査一課の強行第五係に所属しているので、応援なのだろう。

「ええ、お呼びが掛かりました」

石田もいつもの軽口が出てこない。

未成年女子の誘拐事件だけに、誰の表情も硬い。

「もうすぐ捜査会議だ。真田は隣の島に座ってくれ」

佐竹管理官の言葉で、夏希は最前列窓側の席に座った。

すでに一〇〇人近い捜査員が着席している。私服警官が多い。女性の姿も冴美のほかに三人ほど見られた。現場鑑識作業服姿の一団もいたが、小川やアリシアの姿はなかった。

そのとき「起立」の号令が掛かって捜査幹部が入って来た。

現れたのは制服姿の江の島署長と、白シャツ姿の福島正一《ふくしままさかず》刑事部捜査第一課長の二人だった。

殺人的な忙しさの捜査一課長が出張ってくるのは重要な事案に限られる。だが、夏希は何度も捜査本部で福島と働いてきた。

夏希が捜査本部や指揮本部に参加するのも、重要な事案に限られているからだ。

江の島署の署長は定年近い穏やかな容貌を持つ人物で、すでに何度か顔を合わせていた。

署長は厳しい顔つきで口を開いた。

「未成年を被害者とする大変に憂慮すべき誘拐事案が発生してしまった。指揮本部長の黒田《くろだ》刑事部長はどうしても抜けられぬ最重要案件があってお見えになれないが、諸君の最大限の奮闘を期待しておられた。わたしが副本部長となる。捜査主任は福島捜査一課長にお願いすることとなった」

署長は福島一課長へ話を譲った。

本部長と副本部長は不在がちなので、実質的な指揮は福島一課長がとることになるだろう。

「神奈川県警の総力を挙げて取り組むべき事態だ。誘拐の被害者は未成年女子であり、卑劣極まりない憎くむべき凶悪犯罪である。我々はなんとしても被害者を救い出し、犯人を捕らえなければならない。なお、本事件は現時点では秘密捜査の方針を維持する。マスメディアは抑えてあるが、外部には事件に関する情報は一切出さない。ちょっとした気のゆるみから情報を漏らしたことで、被害者の生命に危機が及ぶおそれも少なくない。秘密厳守については全捜査員が徹底すること。誘拐事案は時間との勝負だ。なにがあっても二十四時間以内に被害者を救い出す」

会議室全体につよい緊張感がみなぎった。

「それではわたしから事件の概要を説明する」

佐竹管理官が口を開いた。

プロジェクターに白人の若い女性の姿が映った。

大会議室にどよめきが上がった。

十三歳にはとても見えない大人っぽさで、日本人なら十六、七歳に見える。

髪は茶色がかったブロンドで、すっきりした鼻とふんわりとした唇が愛らしい。

両の瞳《ひとみ》はグレーで愁いを含んでいる。

モデルか女優にしたいような美少女であるが、どこか気難しげな雰囲気も持っていた。

「被害者は龍造寺《りゅうぞうじ》ミーナ。写真からは白人に見えるが、日本人の父親とエストニア人の母親の間に生まれた女性で国籍は日本だ。年齢は十三歳で私立逗葉学院《ずようがくいん》の中等部一年生。居住地は逗子《ずし》市披露山《ひろやま》一丁目十番一号」


――エストニアはバルト三国のひとつで旧ソ連圏だ。人口百三十万に過ぎないが、ソ連からの独立後、著しい発展を遂げたＩＴ大国だ。


かつて上杉から聞いた言葉を思い出した。Ｓｋｙｐｅはエストニア共和国で開発されたとも聞かされた。

「家族は父親の龍造寺義信《よしのぶ》さん一人だ。エストニア人の母親は国際的に活躍していたクラシックのヴァイオリニストだったが、四年前に病気で死亡している。父親は横須賀《よこすか》市内にある湘南国際《しょうなんこくさい》大学理工学部教授で電気工学を専攻する工学博士だ。さらに逗子市内に三十世帯の高級賃貸マンションを一棟所有している資産家でもある。富裕層であるため身代金目的の誘拐である可能性が高い。だが、いまのところ犯人からの接触は一切ない。犯行の詳細については捜査一課から」

佐竹管理官の言葉に従って三十代後半の目つきの鋭い白シャツの男が立ち上がった。

「事件発生は本日、九月一日、五時五分から五時三十分の間です。犯行場所は三浦《みうら》郡葉《は》山町下山口《やままちしもやまぐち》字白石《しらいし》の逗葉霊園。被害者のミーナは毎年九月一日には母親の墓参をする習慣がありました。一昨年《おととし》の十一歳からは本人の意思で一人で墓参をしていました。ちょっと変わったところのある娘で、母親が亡くなった夜明け頃に墓参りに行っていました。本日の日の出は五時十三分頃です。ミーナは薄ら明るくなった五時十分頃に逗葉霊園に到着しています。霊園はその時刻には閉鎖されていて入場できませんが、長者ヶ崎《ちょうじゃがさき》裏手の海に面した丘の北側斜面にあるので、ミーナはいつもフェンスの外から墓に向かって花束を捧《ささ》げるかたちで墓参りしていたそうです。霊園への往復はタクシーを利用するのが常態で、いつも墓参の十五分間ほどは、ふもとの長者ヶ崎駐車場の入口のあたりにクルマを待たせていたとのことです」

　中学生のくせにタクシーを十五分も待たせるなんて、ずいぶん贅沢《ぜいたく》だなと夏希は思った。おそらく父親が甘やかしていたのだろう。

「事件当日は逗葉ハイヤーの矢部《やべ》定夫《さだお》運転手が自宅まで迎車しました。矢部運転手は逗葉霊園の丘へ上っていったミーナがいつまでも戻ってこないので、不審に思って丘へ続く樹間の坂道を上っていったところ、誰もいなかったと証言しています。フェンスの前にミーナの薄青の革靴が左足分だけ落ちていたことから、運転手は異常事態が発生したと考え、一一〇番通報しました。通報時刻は五時三十一分です。付近を巡回中の横須賀分駐所の機動捜査隊員が急行し、現場の状況から誘拐事件と判断しました。江の島署では直ちに周辺地域に緊急配備を敷きましたが、不発に終わりました」

同じ年くらいの別の捜査員が立ち上がって説明を続けた。

「矢部運転手以外の目撃者ですが、ミーナがタクシーを降りて丘へ続く道を上ってゆくところを犬の散歩に来た近所の高齢女性が目撃しています。また、この女性は矢部運転手と立ち話をしていました。ミーナが戻って来ないことを運転手に指摘したのもこの女性です。犯人はフェンスのところでミーナを略取したと思量されますが、矢部運転手と女性はずっと駐車場にいたのに、犯人の姿を目撃していません。丘へ続く坂道は一本道なので、略取してからミーナの身体をいったん坂道の樹間に隠したとしても、機動捜査隊が見逃すとは考えられません」

二人は一礼して座った。

「続けて鑑識からの報告を聞こう」

佐竹の言葉に、現場鑑識作業服姿の年かさの男性が立ち上がった。見覚えがないが、本部の鑑識職員だろう。

「事件発生直後から本部鑑識課と江の島署鑑識課が出張って現場付近を捜査中です。いまのところミーナの革靴以外に遺留品は見つかっていません。ただ、警察犬のアリシアを投入したところ、樹林帯にミーナの匂いを検知した模様で、犯人はミーナを樹間の道のないところから、南側の横須賀市秋谷《あきや》側の斜面に下ろした可能性があります。こちら側には《葉山ホテル音羽《おとわ》ノ森《もり》》の前を通る枝道がありますので、枝道にクルマを置いておいてミーナ略取後に逃走したと考えることができます」

アリシアは現場にいるのだ。

夏希は活躍するアリシアの姿を思い浮かべて少しだけ気持ちがやわらいだ。

「被害者を道なき樹間から運んだ犯行態様は、とても単独犯とは思えん。しかも、こういう犯行に慣れた者の仕業と考えられる」

福島一課長が現場付近の地図を眺めながら厳しい顔つきを向けた。

「犯罪のプロ……あるいは暴力団でしょうか」

佐竹管理官がうなった。

「だが、暴力団であれば、とっくに何らかのかたちで身代金の要求があるだろう」

「どうも犯人像が見えてきませんね……」

佐竹管理官は一同に向き直って言葉を継いだ。

「被害者についての詳細を江の島署の刑事課から説明してもらう」

後方の島で加藤が立ち上がった。

「事件後すぐに父親に会ってきました。父親は犯人に心当たりはないし、なぜさらわれたのかもわからないと狼狽《ろうばい》していました。まぁ、もし身代金誘拐だとすれば、心当たりがないのも当然ですが……。ミーナは、昨年の《サイバー・セキュリティ・コンテスト・ジュニア2019》で並み居る中高生を尻目《しりめ》に小学生の身で優勝した天才少女でもあります。このコンテストは文部科学省と警察庁、総務省が後援している、十八歳未満の青少年のホワイトハッカー大会です」

「こんな美人で天才少女か……」

　夏希の背後で捜査員がつぶやいた。

「逗葉学院は逗子駅近くにある私立の共学進学校ですが、ミーナは六月になってから登校しておらず、訪ねてくる担任の教員にも会わない引きこもり状態でした。学校でのいじめは報告されていませんが、友人らしい友人もいないようです。通いのハウスキーパーの女性とだけは多少の会話をしていたとのことです。しかし、この女性にも怪しい点は感じられませんでした。現時点では識鑑の材料はないに等しいです」

　加藤はかるくあごを引いて座った。

　人並み外れた頭脳を持ち、ミックスとしてマージナルな立ち位置にいたミーナは、学校の友だちとは馴《なじ》染むことができなかったのだろう。母も失い孤独な生活を送っていた彼女のことを考えると痛ましい。

　識鑑または鑑取りは、被害者の人間関係を洗い出して、動機を持つ者を探し出す捜査だが、引きこもり状態だとすれば、材料がないのは当然だろう。

「犯人からの接触に備えて、自宅の父親のもとにSIS隊員を待機させているが、事件発生から三時間を超えてもなんの接触もない。現時点では身代金目的の営利誘拐なのか、わいせつ行為等を目的とした誘拐なのかはわからない。しかし、犯行態様を考えると、計画的で手慣れたものと思われ、複数犯による営利誘拐のおそれがつよいとも考えられる。そこで、捜査員を三つに分ける。第一班は地取り班だ。もう一度、現場《げんじょう》周辺をしらみつぶしにローラー方式で捜査し、目撃者を探し出す。所轄刑事課を中心に江の島署刑事課長が指揮をとってくれ。第二班は被害者の父、龍造寺義信さんが富裕層の資産家であることから、龍造寺博士の近辺の鑑取りにあたる。知人、友人、親戚《しんせき》などに、とくに経済的に困窮している者などがいないかを洗ってくれ。こちらは本部捜査一課を中心に編成する。第三班は捜査一課から数名を割り当て、誘拐や未成年性犯罪の前科者について、とくに集団で犯行に及んだ者を徹底的に洗う。二班と三班は佐竹管理官の指揮に従うこと。なお、この態勢は暫定的なもので、犯人から何らかの要求があった場合には、大幅に変更することになる。では、後ろに集まって班分けを行ってくれ」

　福島一課長の仕切りで会議は終わった。

　後方でいつものように班分けや分掌する捜査内容の打合せが行われ、捜査員は次々に会議室を出て行った。

「真田先輩、またカトチョウのおともですよ」

　石田が歩み寄ってきて、大仰に嘆いた。

「いつもそういうが、おまえいったい何が不満なんだ」

　隣に立つ加藤は脅しつけるように石田を睨《にら》んだ。

「いえ、不満なんかありません。豊富な捜査経験から加藤さんがお持ちのたくさんのノウハウを今回も学ばせて頂きます」

　石田はわざとらしくしゃちほこばって答えた。

「じゃ、江の島署に来い。佐竹さんに頼んどこうか」

加藤はにやっと笑った。

「いいえぇ。どういたしまして」

加藤は持っていた扇子で石田の頭を叩《たた》いた。

「痛てっ」

「行くぞ。じゃ真田、またな」

「先輩、また飲みに行きましょうね」

加藤と石田は夏希に手を振って出かけていった。

副本部長の江の島署長も、署長室での執務に戻った。

捜査本部は福島一課長、佐竹管理官とＳＩＳの面々、連絡要員を残すのみとなった。

「真田は本部で犯人からの接触に備えながら、ネット上の情報を拾ってくれ。ＳＩＳと協働するように」

佐竹管理官から指示があった。

「わかりました」

犯人からの接触がない限り、ＳＩＳの特殊技術のほとんどが役に立つものではなかった。

同様に夏希にもできることはあまりなさそうだ。

誰かが足りないなと思ったら、警備部の小早川管理官がいないのだ。現時点ではテロの性質を持つとは考えられていないのだろう。

　織田が指揮本部に現れることはないはずだ。織田からは八月の中旬に「しばらく仕事で外国へ行ってきます」と書かれたメールをもらっていた。警察庁の理事官ともなると、たとえば国際会議など世界的な仕事も入って来るのだろう。

「真田さん、こちらのＰＣを使って下さい」

「ありがとう」

　冴美が呼んだので、夏希はＳＩＳの島に移った。

　それからしばらく時間を掛けて、夏希は龍造寺ミーナについてネットじゅうのデータを収集した。

　しかし、《サイバー・セキュリティ・コンテスト・ジュニア２０１９》に関する報道と、賞賛や中傷の書き込み以外には何ひとつ見つけられなかった。

――こういうバケモノの将来は怖いよね。

――凶悪クラッカーになって世界中を荒らし回ってくださいね。

――こどもネット犯罪者コンクールで優勝。大人になるのが待ち遠しい。

　夏希は見ていて胸が悪くなった。

　小学生の身でありながら優勝したミーナに対する嫉妬《しっと》が渦巻いている。

ハッカーという言葉は誤解されて使われている。

日本工業規格においては、「高度の技術をもった計算機のマニア」または「高度の技術をもった計算機のマニアであって、知識と手段を駆使して、保護された資源に権限をもたずにアクセスする人」をハッカーと定義づけている。

善も悪もともにハッカーと呼ばれていた時代もあったが、現在では、悪意を持って他者のパソコンに侵入しデータを盗み出したり、破壊したりするなどの被害を与えるブラックハッカーは、クラッカーと呼ぶことが提唱されている。

一方、ホワイトハッカー、あるいは単にハッカーと呼ばれるのは、この手のクラッカーからコンピュータやネットワークを守る技術者のことを呼ぶ言葉である。

サイバー犯罪対策として、各都道府県警もサイバー犯罪対策室を設置しているが、夏希が心理捜査官として採用されたように、サイバー特別捜査官として任用されているホワイトハッカーも存在する。

悪意に満ちた多数の書き込みで、ミーナがどんなに傷ついているかを思って、夏希の胸は痛ましさでいっぱいになった。

時計の針はどんどん進んでゆくが、犯人からの接触は一切なかった。

会議室にも焦りの色が濃くなってきた。

「いったい、犯人の目的は何なんだ……」

福島一課長がいらだちの声を漏らした。

「身代金要求が一切ないからには……やはりわいせつ目的なのでしょうか」

佐竹管理官の言葉に、夏希は身を切られるような思いにとらわれた。

「そうであってほしくない」

福島一課長がつぶやいてから、夏希に声を掛けた。

「真田、どうだ。犯人像についてなにか意見はないか」

「無理ですよ。犯人からのメッセージもない段階ですから」

夏希は顔の前で大きく手を振った。

だが、夏希はある可能性に気づいていた。

「それでもいいから、何か言ってくれ」

福島一課長に重ねて問われた夏希は、二人の幹部に訊《き》いた。

「犯人は単独犯ではなく、複数犯、さらには集団の可能性が高いのですね」

「うん、薬物かスタンガンか……何らかの手段でミーナの抵抗する力を奪ったのだろう。その上で道なき道を身体を抱えて下ろし、クルマで逃走したと思量される。一人でできる犯行ではない」

佐竹管理官は断定的にいった。

「犯人はもしかすると、ミーナちゃんの能力を欲しがっている集団ではないでしょうか」

会議室内の全員が夏希に注目した。

「能力というと、その……つまりコンピュータかね」

福島一課長が自信なげに訊いた。

「はい。彼女は昨年の《サイバー・セキュリティ・コンテスト・ジュニア２０１９》で優勝しているのですから、日本一のホワイトハッカー少女です。ネットセキュリティに対するとてつもない知識や技術を持っているはずです」

「特殊能力と言っていいだろうな」

「アメリカ合衆国教育省の指標では『ギフテッド』と呼ばれる少女でしょう」

「なんだね、それは？」

「一九九三年の教育省の定義によれば『同世代の子供と比較して、並外れた成果を出せる程、突出した才能を持つ子供のこと』をいいます。英語のギフトから派生した言葉で、神または天から与えられた資質や遺伝的に持っている資質……日本語でいえば天賦の才という言葉が近いかと思います」

「つまり勉強したから、どうこうっていうものじゃないんだな」

「その通りです。生来的にすぐれた資質を持つ子どもたちです。それで、ミーナちゃんの持つ特殊能力を悪用しようとする集団が存在するのではないでしょうか」

「なんだって？」

福島一課長は驚きの声を上げた。

冴美も目を見張った。

「これは憶測に過ぎませんが、犯人集団はミーナちゃんをブラックハッカーとして利用しようとしているのではないでしょうか」

「しかし……彼女はＩＱも非常に高いはずだぞ。そう簡単に利用されるかな」

　佐竹管理官がうなり声とともに訊いた。

「ＩＱは従来、『精神年齢 ÷ 生活年齢 × 100』という式で算出されてきました。しかし、昨今はＤＩＱ……すなわち、同年齢集団内での位置を基準とした標準得点を用いることが標準的になってきています。現在、臨床の現場《げんば》では、児童生徒用のＷＩＳＣ《ウィスク》、成人用のＷＡＩＳ《ウェイス》という検査方式が主流です。合衆国のデイヴィッド・ウェクスラー博士が開発した検査方法から発達してきたものですが、このウェクスラー方式でもＤＩＱを用い、『全検査ＩＱ』『言語性ＩＱ』と『動作性ＩＱ』に分けて算出します。現在採用されているＷＩＳＣⅢやＷＡＩＳⅢでは、さらに複雑な指標を使います。詳しい説明は避けますが、ハッカー大会で優勝するような頭脳を持ちながら、ある指標では標準以下の数値を示す人間は決して少なくありません」

「うーん、よくわからんが、アンバランスな頭脳を持つ人間は少なくないということだな」

「はい、この数値にあまりにも著しい偏りがある被検査者は、発達障害を疑う必要があります。すごく乱暴な言い方なのですが、論理的な頭脳が非常にすぐれていて、ＩＱも高い数値が出るのに、能力の一部に大きく偏りのある人間は多々存在します」

「たしかにそんな人間はいるな。いわゆる学者バカっていうヤツか」

佐竹管理官は身を乗り出した。

「そのたとえが適切かどうかはわかりませんが『アスペルガーの偉人たち』という古い本があります。オックスフォード大学の数学者であるイアン・ジェイムズ教授が記したものなので、専門書ではありませんが、この本ではアルバート・アインシュタインやバートランド・ラッセル、フィンセント・ファン・ゴッホ、エリック・サティ、パトリシア・ハイスミス、アンディ・ウォーホルらにもアスペルガーの資質があったとして紹介しています」

「アインシュタインの不思議な行動は聞いたことがあるが、ゴッホやサティやアンディ・ウォーホルみたいな芸術家もか。ハイスミスってのは誰だ？」

「アメリカ合衆国の女性作家です。代表作は『太陽がいっぱい』でしょうか。晩年はスイスの山荘でネコとひっそりと暮らしていたそうです。現在では、アスペルガー症候群は自閉スペクトラム症に含まれるものとして分類されています」

「なるほどなぁ」

佐竹管理官は大きくうなずいて言葉を継いだ。

「天才となんとかは紙一重っていう話だな。わたしが大学のときにも、変人の教授は少なくなかった。ある一人の先生なんかは講義が終わると、学食でいつも同じわかめラーメンを頼むんだ。学生たちはみんなでおもしろがって観察していたんだが、絶対にほかのメニューは頼まない。うちの大学はたくさんのメニューがあるのが自慢の学食だったんだ。さらには、スープを残す量までいつも同じだった。その教授にはほかにもいろいろ変なところが多かったよ」

「そのようなこだわりの強さはＡＳＤ……つまり自閉スペクトラム症には見られがちです。しかし、こだわりが本人が社会のなかで生きてゆくための問題とならない場合には、障害と呼ぶことはできません」

「まぁ、立派に教授を務めていたんだから、そのわかめラーメンの先生は社会的には問題とならなかったのだろうけれども」

「一般的な話としても、彼女はまだ十三歳の中学一年生に過ぎません。社会的な経験は少なく、精神的に成熟しているはずがありません」

「真田さんのおっしゃるとおりだと思います。ＩＱの高さと精神的成熟度は分けて考えたほうが適切だと思います。十三歳では社会的経験が圧倒的に不足しています」

　冴美も賛同した。

「たしかにまだ子どもだな」

　福島一課長は鼻から息を吐いた。

「しかも、ミーナという子は引きこもり状態で友だちも極端に少なかったようです。ほかの子どもに比べても社会経験が不足している可能性はあります。また、幼くして母親と死別していることから、母親から学ぶべきさまざまな事柄も学べなかったに違いありません」

冴美の言葉には夏希も全面的に賛成だった。

「島津さんのおっしゃる通りだと思います。ところで、わいせつ目的は、周到で計画的な組織犯罪とは相容《あいい》れない気がします。また、もし身代金目的なら、とっくに犯人は接触してくるはずです。犯人は龍造寺博士の資産を狙ったのではなく、ミーナちゃんの能力そのものを狙ったのではないでしょうか。これが大人であれば利用するのにはいろいろと困難を伴います。でも、十三歳の少女の場合には、その精神的未成熟につけこむことは比較的容易なのではないでしょうか」

夏希が主張を繰り返すと、福島一課長と佐竹管理官が顔を見合わせた。

「となると、捜査方針を変更する必要が出てくるな」

「そうですね……もし、テロリストの仕業だとすれば、大変なことになるかもしれません」

「警備部にも応援を要請するか……」

「ですが……」

佐竹管理官は戸惑いの表情を浮かべた。

「まぁ、暴力団のような反社会的勢力が、ミーナの能力を使って金融機関などに不正侵入して金を盗み出そうとしている可能性もあるな。いちがいにテロリストと決めつけるわけにはいかんか」

「たしかにそういった犯罪もあり得ますね」

二人は考え込んだ。捜査対象をテロリストにまでひろげたとたんに、身代金の要求があったとすれば、刑事部としては大恥をかくことになる。セクショナリズムの弊害と言えるかもしれないが、警備部だって忙しいのだ。無駄な手間暇を掛けさせるわけにはいかない。

「でも、確信があるわけではありません。彼女が日本一のハッカー少女という以外には、現時点ではなんのデータもないわけですから」

夏希としては仮説に過ぎない現段階で、捜査方針を変えてほしくはなかった。

「では、ミーナの能力を悪用しようとしているなんらかの兆候が見えた時点で、テロ事案の疑いもあると判断して、黒田刑事部長にご指示を頂こう」

福島一課長が穏当な決断を下した。

【3】＠二〇二〇年九月一日（火）

窓の外がシャンパン色に輝き、やがてオレンジ色に染まり始めても、犯人側からの接触はなかった。

「誘拐から半日以上が過ぎてしまった……」

福島一課長が嘆息の声を漏らした。

「捜査員からのめぼしい報告もないですね」

佐竹管理官の顔色も冴《さ》えない。

連絡係の制服警官が近寄ってきた。

「犯人が逃走に使用したと思《おぼ》しきクルマが判明し、所有者がわかりました」

メモを見ながら捜査員が告げると、夏希の周囲には緊張感が走った。

「目撃者がいたのか」

佐竹管理官が急《せ》き込むように訊《き》いた。

「はい、早朝ランニングの習慣を持つ、近くに居住する会社員の男性が、犯行時刻頃に《葉山ホテル音羽ノ森》の前を通る枝道から猛スピードで飛び出してくる黒いワゴン車を目撃していました」

「それでナンバーを覚えていたんだな」

「はい、会社員は危うく轢《ひ》かれそうになったので腹を立て、走り去るクルマのナンバープレートをスマホで撮っていました。スマホに記録された時刻は午前五時十二分でした」

「所有者は？」

福島一課長の声が期待にふくらんだ。夏希も緊張して次の答えを待った。

「それが……盗難車でした」

「盗難の届出が出ていたんだな」

佐竹管理官が問いを重ねた。

「はい、ナンバーは湘南330……」

連絡係はナンバーを読み上げた。

「すぐに緊急配備を掛けるぞ」

佐竹管理官が意気込むと、連絡係は悄然《しょうぜん》とした顔つきになった。

「それが……当該ワゴン車は、現場から数キロ離れた横須賀市芦名《あしな》三丁目のかながわ環境整備センターという県施設の駐車場に乗り捨ててありました」

「乗り捨ててあったクルマに鑑識を向かわせろ」

佐竹管理官が叫んだ。

「了解です」

佐竹管理官の指示に、壁際の無線機の前に座っていた連絡係が反応して鑑識に連絡を入れた。

「その駐車場で、被害者をほかのクルマに移し替えたんだな。目撃証言はとれそうか」

福島一課長の言葉に、連絡係は冴えない声で答えた。

「あたりは山間部で早朝のことなので、目撃者も少ないものと思量されます」

「そうか……」

福島一課長は肩を落とした。

夏希もほかのみんなも落胆するほかなかった。

「ところで、盗難を届け出た人物は？」

佐竹管理官が気を取り直したように訊いた。

「盗難車の所有者で、隣接する三浦郡葉山町下山口に居住する工場労働者です。自宅近くの月極《つきぎめ》駐車場に駐車していたところ、出勤直前に盗まれたそうです」

「なぜ出勤直前とわかったんだ」

「所有者の男性は横須賀市内の工場で朝の五時三十分からのシフトが入っているそうです。その日も出勤しようとして駐車場に向かったところ、走り去る自分のクルマを見てあわてて一一〇番通報したそうです。通報時刻は四時五十七分です」

「なんだって！」

佐竹管理官は小さく叫んだ。

「では、犯行推定時刻の直前に現場近くで盗難されたクルマなのか」

「はい。駐車場と現場との距離は一・八キロほどです」

「この手際のよさは異常だな」

福島一課長はうなり声をあげた。

「ええ……前もって盗んでおくと足がつくことを恐れたのでしょうね。事前に盗むクルマの目星もつけていて、被害者のミーナをほかのクルマに乗せることも予定していたとしか思えません。周到な計画を立て、すべてを計画通りに進めたのでしょう」

「いったい敵は何者なんだ」

福島一課長はふたたびうなった。

「ところで、この報告は誰からだ？」

佐竹管理官の声は尖《とが》っていた。

「本署《うち》の刑事課の加藤です」

連絡係は申し訳なさそうに答えた。

「また、加藤か。なんで逐一報告を入れてこないんだ。これだけ調べるのには数時間は掛かっただろう。その間、我々は蚊帳《かや》の外か。ふざけた男だ」

佐竹管理官は眉間《みけん》にしわを寄せて怒り始めた。

「まぁ、加藤さんらしいですよね」

夏希は佐竹をなだめた。

「なに言ってるんだ。もっと早く本部に連絡を入れていれば、なんとか……なるわけじゃないか」

結果論に過ぎないが、どの時点で連絡を入れても、捜査本部に打てる手はなかったはずだ。すべては後手に回っているのだ。

「加藤さんだって、必要があると思えば、連絡してきますよ」

「真田、やけに加藤をかばうな」

「いや、かばっているわけじゃありません」

「タケさん。いずれにしても、その黒いワゴンを追いかけても無駄だ。犯人が異常に手際よい連中だとわかっただけでもプラスにはなったんじゃないか」

福島一課長がとりなした。

「加藤のことはどうでもいいですが、かなり手強《てごわ》い相手のようですね」

「まったくだ。どうやってアプローチしてゆけばよいのか」

福島一課長と佐竹管理官が嘆いていると、冴美の携帯が鳴った。

「え？　それはどういうことなの？」

冴美の声はけげんに曇った。

通話相手の説明がかなり長い間続いた。おそらくは青木副隊長だろう。

「間違いないのね？」

冴美は相手に念を押している。

「わかった……上司に相談して指示を仰ぎます」

冴美は電話を切ると、福島一課長と佐竹管理官に歩み寄った。

「被害者宅に詰めている捜査員からの報告なのですが、通いの家政婦さんが奇妙な発見をしたそうです」

「いったいなんだ？」

佐竹管理官が眉《まゆ》をひそめて訊いた。

「ミーナさんの部屋からノートＰＣがなくなっているそうです。家政婦の野村直美《のむらなおみ》さんの話では昨日の夕方にミーナの部屋を掃除した際にはたしかにデスクの上で起《た》ち上がっていて、ミーナはＰＣに向かっていたそうです。ところが、今日来てみると、そのＰＣがどこにも見当たらないと言うのです」

「本人が持って出たわけではないんだな」

「はい、19インチくらいの大きいノートPCだそうですから」

「そんなに大きいPCを墓参に持って行くはずはないな」

佐竹管理官はあごに手をやった。

「父親の龍造寺博士はミーナが家を出るときにPCなどを持って出たはずはないと証言しています。持っていたのは、肩から掛ける小さなポシェットとクマのぬいぐるみだけだったといっています」

「クマのぬいぐるみだって」

「はい、彼女の部屋にはクマのぬいぐるみがたくさん残されています。コレクターだったようです」

「やっぱり子どもだな」

佐竹管理官が苦笑した。

墓参にぬいぐるみを持って行くとはかなり奇妙だが、そもそも早朝の墓参といい、ミーナはいろいろと変わった行動をとる少女なのだろう。

「ところで、部屋からなくなったのはPCだけなのか」

佐竹管理官が重ねて問うた。

「父親も入れない部屋ですから、正確なことはわかりません。もうひとつ野村さんが気づいたのは、壁に貼ってあったエストニアの地図が見当たらないそうです」

「母親の故郷の地図か……」

「ミーナは一昨年《おととし》の夏休みにエストニアに父親と旅行して母の生家などを訪ねたそうですが、そのおりに土産として購入した市販の地図です。Ａ０判くらいの大きさですが、ミーナが訪ねた土地の印象などを簡単に書き込んでいたそうです」

「そんな大きなものなら、巻いたり畳んだりしても、家を出るときに父親が気づくはずだ」

「はい、ミーナが墓参に持って出たのではありません」

「となると、犯人一味が被害者宅に侵入してＰＣやエストニアの地図を盗み去ったわけか」

佐竹管理官は狐につままれたような顔をした。

「はい、そう考えるしかないと思います」

冴美もうなずいた。

「鑑識を一班、被害者宅に急行させろ」

佐竹管理官が怒鳴った。

連絡係があわてて無線に取りつく。

「それで、部屋は荒らされていたのか」

「うちの隊員が到着時に簡単にあらためていますが、特に荒らされているようすはありませんでした」

冴美はきっぱりと言い切った。

「父親はＰＣの紛失には気づかなかったんだな？」

「龍造寺博士は部屋に入ることをミーナから禁止されていたそうです。彼女の部屋に入れた他者は、野村直美さん一人だけです」

やはり龍造寺博士はミーナをかなり甘やかしていたようだ。

「ＳＩＳのほうで野村さんからも詳しく事情聴取してくれ。おそらくは事件とは無関係だろうが」

「了解しました」

「ミーナが家を出る前に自分の部屋に誰かが入ってきたとすれば騒ぐだろう。犯人が侵入したのは、彼女が四時四十分頃に家を出てからＳＩＳの到着までの間となるな。到着は何時だ？」

「六時二十二分です」

冴美は胸を張って答えた。

矢部運転手の通報から一時間以内に、横浜の本部から被害者宅に到着するとはさすがＳＩＳだと夏希は思った。

「犯人の侵入は一時間ちょっとの間と推定できるな……龍造寺博士は不審者の侵入には気づかなかったのか？」

佐竹管理官が不思議そうに訊《き》いた。

「はい、まったく気づかなかったといっています」

「眠り込んでいたのか」

冴美は首を横に振った。

「龍造寺博士は昨夜は十時頃就寝し、今朝は四時に起きて、ミーナが四時四十分頃に家を出るのを見送ったそうです。その後は自室で学会誌に載せる原稿を執筆していたとのことでした」

「起きていながら、自宅に誰かが侵入したことに気づかなかったんだって。そんなに広い家なのか？」

「建坪が百坪近い広い家で、博士の書斎は二階の東南角、ミーナの部屋は同じく二階の西南角で、少し離れていますね」

「そんな豪邸なのに、機械警備は入っていないのか？」

佐竹管理官の問いは夏希も考えていた。

「ヤコムのホームセキュリティが入っていて、わたしたちの到着時に博士が解除するまでは作動していたのですが、異常発報はなかったそうです」

「犯人は機械警備もすり抜けたのか」

「一般的なホームセキュリティには、センサーの死角がたくさん存在しますから、そこを突いたんでしょう」

「窃盗犯としてもプロだな」

佐竹管理官が嘆息するようにいって言葉を継いだ。

「しかし、自宅に侵入するくらいなら、なぜ一緒にミーナを誘拐しなかったんだろうか」

「犯行を慎重に行いたかったのではないでしょうか」

冴美が素早く答えた。

「たしかにPCや地図を盗み出すのと、ひと一人を誘拐するのでは、目立ち方が大違いだな。いずれにしても犯人はふたつのグループに分かれて犯行を実行したわけか」

福島一課長はふたたび鼻から息を吐いた。

「犯人像がはっきりしてきたな。用意周到な計画を立案し、その計画に従って冷静に犯行を実行している。また、ミーナの誘拐、ワゴンの窃盗、被害者宅二階への侵入。すべてに高度な技術を感じさせる。こんな鮮やかな方法を暴力団はとらないし、とることもできない。もっとずっと荒っぽいはずだ。しかも、この三つの犯行はそれぞれ別の人物によって実行されたと考えられる。少なくとも五、六人の犯人がひとつの意思のもとに計画を実行している。わたしには、今回の犯人は手練《てだ》れのプロとしか思えない」

福島一課長の言葉は夏希にも納得のゆくことばかりだった。

「お言葉の通りだと思います」

佐竹管理官が大きくうなずいた。

「こんな犯罪が実行できる集団に、わたしの経験上で出会ったことは一度もない……」

福島一課長の頬が引きつった。

「と、いいますと？」

佐竹管理官だけではなく、誰もが息を呑《の》んで福島一課長の次の言葉を待った。

「国際的な犯罪者集団、あるいは組織化されたテロリストとしか思えん」

福島一課長の言葉が会議室に響き渡った。

「わいせつ目的の誘拐犯と違って、直ちにミーナの身に危険が及ぶことはないだろう。しかし、犯人の要求にミーナが応《こた》えないとすれば、どんな事態が起こるかわからない。さらに心配なのは、自分たちの要求をミーナに呑ませるために、彼女を拷問する恐れもある。さらに、犯人集団が目的を達成した暁にはミーナを処分する危険性が高い」

夏希の背中に冷たい汗が噴き出した。

福島一課長は声を震わせて言葉を継いだ。

「なんとしても犯人を見つけ出し、ミーナの身柄を安全に確保しなければならない。だが、我々刑事部にはこうした犯罪集団に迫るためのノウハウが圧倒的に不足していることは事実だ」

福島一課長の顔は苦渋に満ちていた。

「では、黒田部長に？」

「そうだな……ご指示を仰ごう。わたしが直接、お電話する」

福島一課長は部屋の隅にいって、電話を掛け始めた。

しばらくして戻ってきた福島一課長は会議室全体を見まわした。

「警備部長に応援要請をして下さるそうだ。少なくとも管理官が一人と、相当数の捜査員を派遣してくれるはずだ」

　警備部長は刑事部長より格上で、先輩キャリアが就いていることが多い。黒田刑事部長も頭を下げて頼んでくれるのだろう。

　警備部の管理官と聞いて、夏希は小早川の秀才顔を思い出した。

「応援の警備部面々がそろったところで、第二回の捜査会議を開く。戻れる捜査員をいったん呼び戻せ」

　福島一課長の指示に従って連絡係が動き始めた。

　窓の外は薄青い闇がひろがり始めた。

　午後六時をまわった。夏希は廊下に出て、こっそりニカニカ動画にアクセスした。

　もちろん波龍のチャンネル「愉快なかもめ★百合さん」をチェックするためである。

「あれ……」

　だが、出てきたタイトルは「頭の中にも花火が上がっちゃった、かもめ★百合さん」だった。

　すでに七万回を超える再生数となっているが、昨日、アップされた動画である。

　毎月一日に午後六時を過ぎて更新がなかったことは初めてだった。

　捜査は進展していないのに身勝手だが、夏希は少し気が楽になった。

　廊下の奥に設置してある自販機でアイスコーヒーを買った。夏希はアイボリー色の樹脂張りベンチに座ってゆっくりと飲み干した。

エレベーターの扉が開いて、何人かの私服捜査員が降りてきた。

【4】@二〇二〇年九月一日（火）

案に違《たが》わず警備部の十名ほどの捜査員を引き連れてきたのは、小早川管理官だった。

黒っぽいサマースーツを着た小早川は、夏希の座るベンチに歩み寄ってきて親しげな笑みを浮かべた。

「真田さん、また、ご一緒することになりましたね」

「お疲れさまです。小早川さんの顔を見て安心しました」

夏希は立ち上がってかるく会釈した。

「なんだか、いつの間にか口がうまくなりましたね」

小早川は屈託なく笑った。

「そんなことないですよ。今回の事案の解決には小早川さんのお力が必要だと思っています」

「ありがとうございます。しかし、かなりキナ臭い事案ですね」

小早川管理官は顔をしかめた。

「キナ臭いといいますと？」

「勘に過ぎないんですけど、ただの誘拐じゃない。硝煙の臭いがするんですよ」

「どういうことですか」

「政治的主張を持っている連中なのか、あるいは営利を目的としているのかはわかりません。ただ、実行犯はプロの犯罪者であるばかりではなく、銃器なども使い慣れている奴らではないか。そんな気がしてならないんです」

一瞬、背中に寒気が走った。

「恐ろしすぎます」

同時に「俺が担当する事件《ヤマ》は、なぜか最後には銃を抜くはめになる」と言っていた上杉を思い出した。

「そういえば、上杉さんはどうしてますかね」

「それが連絡が取れないんですよ」

小早川管理官は眉《まゆ》を曇らせた。

「行方不明ですか」

夏希は素《す》っ頓狂《とんきょう》な声を出してしまった。

「数日前にちょっと訊きたいことがあって電話したんですが、それから何回かけても圏外でして……」

「ずっとですか」

「はい、メールにも返信がないんです。確認してみたら、刑事部でも上杉さんの動静は把握していません。いったいどこへ消えてしまったんでしょう」

　警察官の居場所がわからないなどということがあるのだろうか。

　夏希は以前、土日に友人の石川希美《いしかわまれみ》と伊豆《いず》へ旅行に行っていて捜査本部に呼び出された。

　そのおり、私事旅行届を出していないと中村科長に嫌みをいわれたことがあった。

　だが、上杉のことだ。なにかしらの秘密捜査をしているに違いない。

　上杉は刑事部根岸分室長なので、動静を報告しなければならない直属の上司は黒田刑事部長である。その上は松平《まつだいら》県警本部長だった。ほかの者に動静を告げる義務はない。

「ところで波龍の攻撃が止んでいますね」

「チェックしてくれたんですか」

　小早川のまめさには驚くばかりである。

「ええ……こっちに来るクルマのなかでニカ動を見てみましたが、更新されていませんね」

「これから更新されるんじゃないんですか」

　だが、小早川は首を傾げた。

「どうかな……。ああいうタイプは几帳面《きちょうめん》に、自己内ルールを守るものです」

「こだわり傾向ですかね」

「それもあるでしょうが、前にも言ったように時間がバラバラの更新は視聴者を減らしますからね。あれだけ手の込んだ動画を熱を入れて作り続けていた波龍ですから、夏風邪でもひいたんじゃないんでしょうか」

「なんらかの用事で忙しいのかもしれませんね」

「でも、プログラムを用いて時間差でアップすることは容易《たやす》いですから、それはないように思いますね」

「県警フォームへのメッセージも入っていません」

「どんな事情があるんでしょうかねぇ」

　小早川はあごに手をやった。

「あんなつまらないこと、そろそろ飽きてくれたらいちばんいいんですけどね」

「たしかに……いまのところ特定作業は徒労に終わっています。僕は波龍の息の根を止めてやりたいんですけどね……おっと、もうすぐ会議だな」

　小早川は踵《きびす》を返して会議室へ向かった。

　夏希も後に続いた。

　第二回の捜査会議は午後七時から始まった。

　捜査員のうち半分ほどが参加していた。加藤と石田もいったん戻っていた。

「事件発生から半日を過ぎても、犯人からの接触はない。全捜査員に周知してもらうため、いままでに集まった情報を各担当から伝達する」

　佐竹管理官の言葉に続いて、収集した情報が各捜査員から報告された。

「龍造寺博士の知人、友人、親戚《しんせき》などで、経済的に困窮しているような者は、いまのところ見つかっていません。大学教員という職業からも、交際範囲に、犯歴があるなど社会的に問題のある人物はきわめて少ないと思われます。鑑取りからは犯人につながるような情報は見つかっていません」

鑑取り班の報告は予想通りだった。今回の犯人は龍造寺博士の周辺からは発見できないのではないだろうか。

「また、龍造寺博士は心痛のあまり体調が悪くなり、ホームドクターが往診に来て自宅で寝ついているようなありさまです」

父親の心根を思うと、夏希の胸は痛んだ。

本部の鑑識課からの報告は夏希にとっても新しい情報であった。

「龍造寺宅にはヤコムのホームセキュリティシステムが導入されていますが、異常発報していません。現場に残された痕跡《こんせき》から推察するに、犯人は住宅西南角の建物から二メートルほど離れているクロマツの木を利用したようです」

後方から「松の木だって」という不規則発言が聞こえた。

「犯人はこのクロマツの木に登り、ロープか何かを用いて住宅の屋根に飛び移ったものと思量されます。その後、屋根上から東南付近に設置されている赤外線センサーの配線を切って無効にし、ミーナの部屋の前にあるバルコニーから室内に侵入したと思われます。侵入の際には掃き出し窓の一枚ガラスをガラスカッターで切っていますので、マグネットセンサーは作動しませんでした。逃走経路もクロマツによるものと思われます。松の木の下は草地ですが、二人分の足跡を採取できましたので、二人組の犯行と思量されます。足跡についてはスニーカーではないかと思われますが、現在、科捜研で分析中です。侵入と逃走の経路は入念に防犯カメラの死角を衝《つ》いています。なお、ミーナ宅は披露山庭園住宅という名の大変に治安のよい住宅地にあるため、周辺のほかの住宅もそうですが、塀ではなく生け垣に囲まれています。敷地内への侵入は容易であったものと思われます。以上の捜査結果から、犯人は被害者宅を事前に入念に下見していたものと思量されます」

　続いて加藤が立ち上がった。

「披露山は高級住宅地です。深夜早朝の人通りはきわめて少ないため、窃盗犯の目撃者はいまのところ見つかっていません。また、事前に下見をしたと思われる人物の目撃者もいまのところいませんね。えー。この住宅地は日本のビバリーヒルズなんて呼ばれてましてね。一区画がやたら広いんですよ。そのためか、寝静まっていた左右の隣家も異常には気づかなかったようです。また、地域課員がよく巡回しているためか、路上駐車も一切ないので、駐車車両のドライブレコーダーの記録映像も入手不可能です。まぁ、常習盗犯のような本当に手慣れた犯人ですよ」

　加藤は苦笑いを浮かべて座った。

　犯人特定につながるような情報がひとつも提示されないことから、会議室内には落胆ムードが漂った。

「いままでの情報を分析してみると、プロの犯罪者集団の犯行である恐れが強くなった。そこで、警備部から応援チームが捜査本部に参加してくれることとなった。チーフの小早川管理官の現状分析を聞いてみたい」

佐竹管理官は小早川管理官に話を振った。

「警備部の小早川だ。今回の事案は、犯人から何らの接触もない上に、あまりに情報が少ない。しかし、いま報告のあった被害者ミーナの誘拐、その際に使用した盗難車の窃盗、さらに自宅からのPC等の窃盗という犯行態様を考えると、周到な計画のもとにきわめて迅速に行われていることがわかる。佐竹管理官の言葉通り、プロの犯罪者集団の犯行と考えてほぼ間違いないだろう。さらに、このまま犯行声明が出されないとすれば、政治的テロリストよりは営利を目的とした犯罪者集団である可能性が高いと考えられる。現在、警備部では県警データベースから該当し得る犯罪者集団を絞る作業を進めている。だが、いまの時点では特定することは困難としか言いようがない。なにか決め手となる情報が入手できたら、あらためて捜査方針を指示する。正体不明の犯人と呼んでいては対象があいまいだ。我々が対象に迫ってゆく意欲を喚起するためにも、憎むべき犯人たちを仮に《シャドウ》と名づけたい。一刻も早く《シャドウ》を逮捕し、いたいけな被害者を全力を挙げて救出する。以上だ」

犯人集団に《シャドウ》という名前をつけた小早川に夏希は感心した。

言語学では範疇化《はんちゅうか》という概念で提示されるが、人間は言語を用いてあるものを定義することで、その存在を初めてきちんと認識できるのである。

とは言え、現時点ではたいした進捗《しんちょく》がないことに変わりはない。

接触してこない誘拐犯ほど始末に悪いものはないのだ。

「捜査方針を若干変更する。第一班は江の島署刑事課長の指揮で引き続き地取りを行う。とくにミーナの自宅付近を徹底的にあたってPC等窃盗犯の目撃者を探せ。第二班は佐竹管理官の指揮でクラッキング……でいいんだな」

福島一課長は隣に座る佐竹管理官に訊《き》いた。

「はい、そうです」

「クラッキングを得意技とするネット犯罪の前歴者を訪ねて、ミーナの能力についての噂を収集し、疑わしい人物が浮かび上がってこないかを確認しろ。ただし、丁重な態度で接し、相手の反感を買わないように。参考人ではなくあくまで捜査協力者として扱うこと。これは厳に言い置く」

夏希は福島課長の指示に少し驚いた。

たしかに言われてみれば、ミーナのクラッキング能力に目をつけている者が、今回の犯人集団には存在するはずだ。

だが、これもまた一種の僥倖《ぎょうこう》を求める捜査方針だ。

とは言っても、犯人の正体に迫る捜査資料が、ミーナ宅に入った二人の靴跡以外に何ひとつ存在していない現状では選ぶべき手段に違いあるまい。

「第三班はプロの犯罪者集団を県警データベースから洗う。小早川管理官の指揮下に入れ」

福島課長の捜査指揮に従って、会議室の後方でふたたび班分けが行われた。

今度は警備部の課員と第三班の刑事たちが残ったので、会議室はだいぶ賑《にぎ》やかになった。

小早川管理官の手が空いたので、夏希は声を掛けた。

「小早川さん、《シャドウ》の候補っていくつか浮かんでいるんですね」

「真田さん、コーヒーでも飲みましょうか」

小早川管理官は意味ありげな目つきで、廊下へあごをしゃくった。

廊下の自販機まで夏希たちは無言で進んだ。

「アイスでいいですね。ミルクと砂糖は？」

「両方ともいりません。ブラックで」

夏希はさっき飲んだばかりだったが、断れる雰囲気ではなかった。

二人は紙コップを手に手にベンチに並んで座った。

「実は……県警のデータベースにある犯罪者集団は、国内に限っていうと極左や極右の暴力集団、あるいは宗教関連ばかりで、営利目的の犯罪者集団は、暴力団以外はひとつもヒットしてこないんですよ」

小早川管理官は声をひそめた。

「えっ？　そうなんですか」

夏希は大きな声を出した自分の口を手で押さえた。

「捜査員の士気を削《そ》ぐだけなんで、あえて身内には真実を告げませんでした」

苦渋に満ちた小早川管理官の顔を見ていると、夏希も何も言えなくなってしまった。

「そもそも営利目的の組織的犯罪集団で誘拐を手がけるような連中は、我が国ではすべて暴力団関係者が絡んでいます。しかし、今回の犯行態様は暴力団関係者とは考えにくい。もっとずっとスマートです。となると、日本の組織ではないかもしれない……」

小早川管理官は顔色を曇らせた。

「キナ臭い……そう言ってましたね」

「ええ、《シャドウ》には硝煙の臭いがします。実はいま、同じ警備部の外事課とも連携をとっています。手慣れた犯行からメンバーには日本人も含まれているような気がしますが、首謀者は日本人ではないかもしれません……」

「つまり《シャドウ》を国際的犯罪組織と見ているのですね」

「その可能性は高いと思います。たとえば、いま世界でいちばん収益を上げている犯罪組織はロシアンマフィアの《ソルンツェフスカヤ・ブラトヴァ》だと言われていますが、彼らが日本に進出したという情報は得ていません。同じく、ロシアのサンクトペテルブルクに本拠地を置いている電子犯罪組織の《ロシアン・ビジネス・ネットワーク》……

略称《RBN》などは彼女のハッカーとしての能力を欲しがっているような気がします。しかし、《RBN》が誘拐などの犯罪を手がけた記録はありません。あるいは、中国共産党の意向を受けていると言われる台湾の《竹聯幇《ちくれんほう》》などは日本の暴力団とのつながりも指摘されていて実行犯として考えやすい点もありますが、いままで電子犯罪に手を出したことは聞いていません。香港《ホンコン》を根拠地とする《三合会《さんごうかい》》系の組織、あるいはユダヤ系マフィア、シカゴやシチリアの古いマフィア組織だってまだ活動しています。いまのところ、どこの国を根拠とした、どんな犯罪組織なのか、皆目見当もつきません。本事案は、相当に手こずる可能性がある……」

小早川管理官は頬を引きつらせた。

夏希は頭がクラクラしてきた。

自分がまったく知らない黒社会が世界中にひろがっている。冷たい風が吹き上げてくる深い谷間の暗闇を覗《のぞ》き込んだような気分だった。

「小早川さんは《シャドウ》の目的をどう考えていますか」

「確定的なことは何も言えません。でも、僕にはミーナの異常な能力を目的とした犯行と思えます」

「実はわたしもそう思っています。ミーナちゃんはギフテッドですから。その能力を悪用しようとしているのでしょう」

「彼女は日本語がネイティブ言語ですが、母の国の母語であるエストニア語はもちろん、英語、フランス語、スペイン語、ロシア語、標準中国語が話せるそうです」

「七カ国語ですか！」

「ええ、やはり真田さんが言うようにミーナはギフテッドなのでしょう」

「その情報は捜査会議では出ていませんでしたね」

「龍造寺博士にお電話して、ミーナについていろいろと伺ったのです。《シャドウ》の誘拐の目的が、彼女の能力にあると判断しました」

　小早川が捜査会議にすべての情報を出さないことに夏希は驚いた。

「みんなで情報共有したほうがいいんじゃないんですか」

「まぁ、こんな話はすぐに誰かがつかんでくるはずですが、いまの段階では全捜査員に必要な情報とは言えないでしょう。誘拐事案はいろいろと気を遣う必要があります。こちらの手の内を犯人側に知られてはならない。もっと大切なことは捜査員の士気を下げないことです。いま《ソルンツェフスカヤ・ブラトヴァ》や《竹聯幇《ちくれんほう》》の情報を出せば、捜査員は混乱するだけです」

　たしかに小早川の言うことは正しいかもしれない。

　しかし、夏希にはどこか馴染《なじ》めないところがあった。

　いかにも官僚的な発想法だ。織田も同じような思考方法を採るかもしれない。

　夏希は小早川の別の一面を見る気がした。

「ミーナちゃんがネット上でどんな人と交流していたかがわかれば、なにかが浮かんでくるかもしれませんね」

　小早川管理官はうなずいた。

「龍造寺博士に許可を頂いているので、彼女の使用しているサーバーに情報開示させてみようと思います。ただ……」

「ただ、なんですか」

「日本一のハッカー少女のことです。匿名通信システムの《Ｔｏｒ《トーア》》や匿名ブラウザの《ＸＪ７》などのおなじみの特殊な手段を駆使していることは間違いありません」

「でも、発信側からアクセス先を辿《たど》るのは、いつもと反対の作業ですからずっと簡単なのではないですか」

「そうとも言い切れないのです。ミーナのＰＣがあれば別なんだが……」

　小早川は苦い顔を浮かべた。

だから、《シャドウ》はミーナのＰＣを盗み出したのだ。

「《シャドウ》はアクセス先も知られたくなかったのでしょうかね」

「その可能性は大いにあります。いずれにしても《シャドウ》の正体に迫る手段がない」

　小早川管理官は嘆き声を上げ、ちょっと息をつくと言葉を続けた。

「さぁ、そろそろ戻りましょうか。いまお話しした内容は真田さんの胸に収めておいて下さい」

「わかりました」

会議室では多くの捜査員がＰＣに取りついている。

幹部席の福島一課長や佐竹管理官もディスプレイを覗き込んでいた。

あちらでもこちらでもマウスやキーボードを操作する音だけが響く。

だが、これといった発見はなさそうだった。

冴美も隊員たちとともにＰＣに向かっている。

夏希もＰＣを覗き込み、ネット上での龍造寺ミーナの情報をふたたびサーチし始めた。

しかし、これといった成果は上げられなかった。

時間ばかりが空《むな》しく過ぎてゆく。

外へ出ている捜査員からの報告も一切なく、会議室には沈滞したムードが漂い始めた。

壁の時計を見ると、もうすぐ十一時だ。

佐竹管理官が管理官席から声を掛けてきた。

「真田、帰っていいぞ」

「え……でも……」

もちろん嬉《うれ》しかった。シャワーも浴びたいし、着替えもじゅうぶんには持って来ていなかった。このままだと明日《あした》はスウェット姿で勤務しなければならない。

しかし、いつもと違って夏希はたいして働いていなかった。

たくさんの捜査員が残っているなか、一人だけ帰るのは気が引けた。

「残念ながら、《シャドウ》からの接触はない。今後もあるかどうかわからない。現時点では、真田に分析してもらう材料はなにひとつないんだ」

福島一課長がやわらかい声を出した。

夏希は自分の存在が無意味なように思えて淋《さび》しかった。

「わたしだけ帰るわけには……」

福島一課長は言葉を続けた。

「今日は捜査員の数も多いんで、真田を寝かす場所を確保できそうにない」

捜査員たちは武道場などで雑魚寝《ざこね》がふつうのスタイルである。

いまこの会議室にいる女性は夏希と冴美の二人だが、冴美もきっと隊員たちと一緒に横になって仮眠するはずだ。冴美は夏希たちの会話には加わらずに仕事を続けている。

「おまえは刑事《デカ》じゃないんだろ？」

佐竹管理官がにやっと笑った。

「もちろんです。わたしは心理分析官です」

「前の事件では鬼刑事顔負けだったがな」

「冗談はよしてください」

夏希が顔の前で激しく手を振ると、佐竹は声を立てて笑った。

「武道場で雑魚寝するのは刑事がやることだ。真田は刑事じゃないんだから、そんな無理をすることはない」

そうだ。自分は刑事ではないのだ。

こころの中で、帰っていい理由づけが見つかってほっとした。

「では、お言葉に甘えて……」

「何もなければ明日は七時に来い。今夜は酒は飲むなよ。何時に呼び戻すかわからんから」

「わかりました」

頭を下げて帰り支度を始めると、福島一課長の声が聞こえた。

「そうだ。真田、タクシーで帰りなさい。以前の事件のようなことがあると困る」

「はい、タクシーをつかまえます」

シフォン◆ケーキの事件では、舞岡の駅から歩いて帰る途中、自宅近くで拉致《らち》された。

あんな恐ろしいことは二度とごめんだった。

福島一課長と佐竹管理官にあいさつして夏希は戸口に向かった。

「真田さん、なにか気づいたら、いつでも連絡してください。何時でもいいです」

小早川管理官が戸口まで見送りに出てくれた。

「わかりました。すぐに電話します」

「お疲れさまでした。きっと真田さんのお力が必要になるときがすぐに来ますよ」

冴美も近づいて来てねぎらいの言葉を掛けてくれた。

嬉しかったが、自分が役に立てない不甲斐《ふがい》ない気持ちは変わらなかった。

「ありがとうございます。冴美さんは大変だと思いますが、お先に失礼します」

夏希はエレベーターで一階へと下った。

地域課のある一階はこんな時間でも騒々しい。

タクシーを呼ぶ電話を入れて駐車場へ出た。

潮風が身体を駆け抜けても、いつもの解放感はなかった。

ミーナの消息は一向につかめないのだ。

夜空は晴れ渡って、相模湾《さがみわん》沖合の上空にぼわっと白い帯が横たわっている。

「あ、天の川だ」

夏希は小さく叫んだ。

町は明るいが、沖合の空が思いのほか暗いことに夏希は驚いた。

空に延びたシーキャンドルの閃光《せんこう》が細長いリボンのように闇を照らしていた。

第三章　信じられない招待

【1】＠二〇二〇年九月二日（水）

自宅に戻ると、日付が変わっていた。

早くベッドにもぐり込んで今日の仕事に備えなければならない。

こういう事件となると、土日さえなくなる。

シャワーを浴びてパジャマに着替えたが、なぜか目が冴《さ》えてしまった。

佐竹から釘《くぎ》を刺されるまでもなく、酒に手を出す気にはなれなかった。

夏希はリビングのテーブルでＰＣを起《た》ち上げ、まずは気になる波龍の「愉快なかもめ★百合さん」をチェックした。

相変わらず更新はされていなかった。

県警フォームにも何のメッセージも入っていなかった。

ほっとしつつ、夏希は龍造寺ミーナの情報を見直した。

「四年前に亡くなった母親はヴァイオリニストだったよね」

ミーナの母親のレイラ・リューテルで検索を掛けてみた。

レイラ・リューテルは、国際的なコンクールにいくつも入賞した経験を持つヴァイオリニストだった。シベリウスのヴァイオリン協奏曲の名演で知られ、ソリストとして世界中で演奏活動を続けていた。二〇〇五年にスイスの研究機関に在職していた龍造寺義信と知り合い、翌年に結婚、さらにその翌年にはミーナが生まれた。

過去のコンサートの案内のレイラの写真を見ると、ミーナと面差しがよく似ている。さらに研ぎ澄まされた容貌《ようぼう》で娘と同じくどこか気難しげなところもあった。

「エストニア共和国か……」

夏希はほとんど知識のないエストニアについて調べ始めた。

――エストニアは空気が世界で最もきれいな国の一つです。森の中を自由に歩き回り、果実、きのこ、あるいはハーブを採ったりハイキングに行く。静かに座り、自然界の音からインスピレーションを感じましょう。エストニアの自然の多様性を十分に楽しむには、ちょっとした時間が必要です。少しの距離で都会と豊かな自然が隔てられています。私達の多目的な文化遺産とそれぞれの季節の色はあらゆる訪問をユニークなものにします。

駐日エストニア大使館の「エストニアの魅力を発見しよう！」というページにはこんな紹介文が掲げられていた。ずいぶんとロマンチックな文章に夏希は驚きを隠せなかった。

画像検索してみると、中世から続く古都タリンや歴史ある学園都市のタルトゥは石造りやレンガのシックな家並みが続いている。時間が止まっているような素晴らしい街の景観が見られる。

二千を超える島々を擁する国土のあちこちに美しい自然が残されていて、針葉樹の森と深い青色に沈むいくつかの湖の写真にも目を奪われた。さらに物淋《ものさび》しい海辺の景色やクラシカルな港町も魅力的だった。

旅行サイトなどでは「まるでおとぎの国」というようなうたい文句が散見された。

中世以来、ハンザ同盟の都市として発展したバルト海沿岸のバルト三国のひとつで、北からエストニア、ラトビア、リトアニアと続く。首都はタリン市で、フィンランド湾を挟んで八十キロほどの北にはフィンランドの首都ヘルシンキが位置している。

デンマーク人が進出し、タリン市を築いたのが一二一九年、ドイツ騎士団が進出して領有したのが一三四六年、スウェーデン領となったのが一六二九年、ソビエト連邦に併合されたのが一九四〇年、ふたたび独立を果たしたのが一九九一年。エストニア共和国としての歴史は三十年に満たない。

現在の国民は十世紀頃まで形成された、フィン人と同系統であるエストニア人が七割弱、ロシア人が四分の一ほど、残りはウクライナ人、ベラルーシ人、フィンランド人などで構成されている。公用語はエストニア語である。

面積は日本の約九分の一。人口は約一三二万人で、さいたま市より少し多いくらい。ソ連邦から独立したときにそれまで国を治めていた人々は去り、国の行く末は三十代の若い為政者たちに任された。ソ連諸国との貿易が途絶え、資源も少ないエストニアは経済的に苦境に立たされた。

この小国が生き残る道として求めたのは、ＩＴ産業だった。

彼らには頭脳という資産があったのだ。

ハンザ同盟の時代からエストニアは交易で栄え、一六三二年にはタルトゥ大学が設立された。宗教改革の影響で聖書を読むための識字活動も盛んだったエストニアの人々は高い文化を継承していた。とくに数学的頭脳に秀でていたことから、旧ソ連時代には軍事技術の研究拠点が設けられ、暗号技術などに長《た》けた技術者がたくさん存在していた。

ＩＴ化を推進するために、建国当時の共和国政府は最大限の努力をした。たとえば公立学校校舎の雨漏り修繕を後回しにしても国民にＰＣを配った。国民は為政者を信頼して、さまざまな不自由を耐え忍んだという。

人々の努力の甲斐《かい》あって、エストニアは世界でも有数のＩＴ先進国として二十一世紀を迎えることができた。

現在では、納税も議会選挙の投票もデジタル化され、納税は専用サイトにアクセスすると、十分程度で完了するシステムが完成している。

議員はネットでの議会出席も認められている。

日本の外務省サイトも「近年、IT・サイバー分野での日・エストニア間の協力関係が進展しつつある」と説明していた。

ミーナが天才ハッカー少女と呼ばれる才能を持っているのも、数学的頭脳に秀でているエストニア人の血を引くためなのだろう。

「へぇ、《ジャドール》のあの美女もエストニア人だったのか」

セリーヌ・ディオンがプロデュースしたクリスチャン・ディオールの香水《ジャドール》の広告を飾っていた美女がティウ・キュイク（Tiiu Kuik）というエストニア人のトップモデルであることも知った。

ときどき夏希もつける《ジャドール》は、実在しない理想の花の香りを追求したフローラル系のオードゥ・パルファンである。シフォン◆ケーキの事件の頃にはよく使っていた。

ミーナもその一人だが、エストニアには美女が多いらしい。

ノーベル賞文学者のヘルマン・ヘッセはドイツ生まれのスイスの作家だが、ヘッセ家はエストニアのバルト系ドイツ人の家系だということも驚いた。

だが、そんな情報が役に立つわけでもない。

何気なくエストニアの地図を見ていた夏希の目はある地名に釘づけになった。

首都はバルト海に面したタリン（Tallinn）である。タリンはハリュ（Harju）県に属している。エストニアに十五ある県のひとつで国全体の半分近くの人が住むという。

ハリュ県またはハリウ県……。

夏希の頭の中に稲妻が走った。

「もしかすると、波龍はハリュなのか！」

夏希の攻撃者の名前、波龍は漢字の意味としてはなんとなくわかる。波を切る龍というイメージか。しかし、その語感というか音韻の感覚に違和感を抱いていた。要するに日本語としては珍しい組み合わせなのである。ネットで調べたところ、波龍という雅号も存在しているようだから奇妙というわけではないだろう。しかし、やはり違和感は拭《ぬぐ》えなかった。

波龍がもし、ハリュを示すものだとしたら……。

偶然かもしれない。しかし、几帳面《きちょうめん》に月末日と一日《ついたち》の午後六時にアップされていた「愉快なかもめ★百合さん」が、なぜか今日はアップされていない。

夏希は小早川に電話を入れてみた。

「お疲れさまです」

「ああ、真田さん。こっちは相変わらず沈滞ムードですよ」

小早川管理官はいくぶん眠たげな声で応《こた》えた。

「ひとつ教えて頂きたいんですが、ミーナの母親のレイラ・リューテルの出身地ってわかりますか」

「え？　母親の出身地ですか？　ちょっと待って下さい」

「すみません、とつぜん」

しばらく夏希はドキドキしながら待った。

「あ。わかりました。フィンランド湾に面したムラステという町です。スペルはMuraste です。首都タリンから十キロほどの位置です」

エストニアの地図で夏希はMurasteの地名を探した。タリンのすぐ近くだ。

「ムラステってハリュ県ですよね？」

夏希はドキドキしながら訊《き》いた。

「ええ、タリンと同じくハリュ県に属します。それがなにか？」

小早川はけげんな声を出した。

「まったくの思いつきなんですけど、例のバーチャルライバーの波龍というハンドルネームはこのハリュ県から来ているんじゃないんでしょうか？」

「えっ！　というとつまり？」

小早川の声が裏返った。

「波龍は龍造寺ミーナではないかと疑っているのです」

「うーん。そうかぁ」

うなり声が響いた。

「おかしな考えですか」

「いや……そうとは思いません。一つの根拠はうちのほうで必死で追いかけても波龍のＩＰに辿《たど》り着けないことです。相当な技術を持っていると思われますが、ミーナには難しいことではないはずです。もちろん、バーチャルライバーの動画作りなんてお茶の子でしょう。二つ目は、今日、いきなり動画がアップされなくなったことです。この不自然さもミーナが誘拐されてた事実と符合します」

「あてずっぽうに近いのですが、ミーナちゃんが四年前に亡くした母親への思いを自分のハンドルネームに付けているとしたら……」

「あり得ることでしょう。龍造寺博士は、二年前にミーナを連れてレイラの聖地であるムラステを訪れています。レイラが亡くなったときに逗葉霊園に葬ったのも、故郷と同じく海の見える場所だからだといっていました。ミーナの墓参は母に対する深い思慕の情から来ているわけですから」

「自分で言っておいてなんですが、波龍がミーナちゃんだというのが事実だとしても、それが犯人の追及にどうつながるかは見当がつかないのです」

「いや、いまこちらはなんの情報もなくて困り果てているんです。わずかな可能性にも賭《か》けるべきです」

小早川はきっぱりと言い切った。

「ただ、わたし自身も波龍について相当しつこく調べてみましたが、たいした情報は得られませんでした。あの不愉快な動画の紹介や、感想くらいしかヒットしませんでした」

「ええ、僕もひと通り調べていますが、おっしゃるとおりですね」

「ところで、ミーナちゃんはなんのためにわたしを攻撃するのでしょうか」

「さぁ……もしかすると、真田さんを神奈川県警一の頭脳……いや、日本の警察機構一の頭脳とみて挑戦しているのではないですか」

「大げさなことを言わないで下さい」

「ミーナはまだ子どもなわけですし、ネット上で鬼ごっこかなにかをしているつもりなんじゃないんでしょうか」

「中学生にもなって鬼ごっこですか」

「もし、真田さんに精神的ダメージを与えたいなら、コメント欄だって開くはずです。そのほうが尻馬《しりうま》に乗った連中の不愉快なコメントであふれかえりますからね。コメント欄を閉じているところに、波龍、いや、ミーナの遊びを感じます」

「こんな嫌な遊びはないですよ」

つい語気がきつくなった。

「真田さん、怒っちゃダメですよ。いまはミーナは誘拐事件の被害者なんですから」

「いえ、怒っているわけではありません。それで、波龍のハンドルネームから、どうにかミーナちゃんの情報を得る手段はないでしょうか？」

「うーん、そうだなぁ」

小早川はしばし考え込んでいた。

「ミーナはもしかすると、ネット上に秘密のコミュニティなどを作っているかもしれませんね……」

「そこでひそかに、わたしの悪口を言い合って喜んでいるというわけですか」

「まぁ、そういうことも考えられます。一方的にあの動画を流しているだけかもしれませんが、もし、ミーナが他人に少しでも関心があるのならそういうことも考えられます」

「そのコミュニティにアクセスできないでしょうか」

「身元が発覚するおそれがあるので、フェイスブックのようなソーシャルメディアのグループは使っていないでしょう。独自のプラットフォームを使っているとしたら、難しいかもしれませんね」

「では、どのようにしてメンバーを集めているのでしょうか？」

「たとえばの話ですが、ネット上でかもめ★百合の悪口を書いている人物に、なんらかのかたちでアクセスして秘密サイトへ誘導しているのかもしれません」

「でも、いまわたしが、かもめ★百合の攻撃者になりすましても無意味ですよね」

「ええ、いま現在、拉致《らち》されているミーナがネットにアクセスできるはずはないですからね」

「どうしたらいいのでしょうか……」

「僕も考えてみます。なにか思いついたら連絡下さい」

「わかりました」

小早川との電話を終えてから、夏希はベッドに身を横たえた。

目をつむって、もしあるとしたら、ミーナの秘密サイトにアクセスできる方法を考えてみることにしたのだ。BGMにはヨガミュージックを選んだ。

「そうだ！　この手がある」

しばらくして夏希の脳裏にひとつのアイディアが思い浮かんだ。

ふたたび夏希は小早川管理官の番号をタップした。

「小早川さん、こういうのはどうでしょうか？　かもめ★百合個人として『波龍の行為を名誉毀損《きそん》として告発したいので情報を集めたい』とツィンクルなどに投稿するのです。これならば龍造寺ミーナの秘密捜査の方針と抵触することもありませんよね」

夏希はあっさりと提案してみた。

「たしかにミーナの名前を出しているわけではないですが……」

小早川はちょっと息を呑《の》んでから言葉を続けた。

「それは炎上しますね」

「炎上は覚悟の上です。でも、秘密サイトに誘導された人のなかで、わたしの味方になってくれる人も出て来るんじゃないかなと思っています」

「裏切り者を募集するわけですね」

「悪くいえばその通りです。でも、いまはミーナちゃんを助けるためにどんな手段でも使ってみるべきだと思うのです」

「捜査員からも《シャドウ》についての有力な情報はまったく入ってきてません。いまはミーナの側から迫ってゆくしかないわけです。試してみる価値はあると思います。福島一課長や佐竹管理官に相談してみます。後でこちらからまたかけ直します」

「福島さんの許可はもちろん必要ですね。お願いします」

十分ほど経ってから、スマホが鳴動した。

「時間をかけて話したら、二人とも理解してくれました。やりましょう」

小早川管理官は力強い声を出した。

「投稿案を僕のスマホに送って下さい。僕のほうで新しい投稿フォームを作って情報提供の受け皿とします。その後は、こっちで目立つＳＮＳなどに投稿します」

「どのようにすればよいですか」

「すぐにお送りします」

夏希は考えてこんな文案を作ってみた。

――わたしは神奈川県警心理分析官のかもめ★百合です。数か月前から波龍という人物がニカニカ動画でわたしを中傷し続けています。わたしは深く傷ついており、波龍を刑法二三〇条名誉毀《き》損《そん》罪で告訴することを検討しています。波龍についての情報を募集しています。どうかわたしに力を貸してください。

　送信すると小早川管理官からすぐに電話がかかってきた。

「『告訴することを検討しています』はちょっと弱いですね。『告訴します』と言い切ってしまいましょう」

「どっちにしても炎上しますもんね」

「ええ、まず間違いなく炎上します。覚悟はできていますか」

「はい……ミーナちゃんの救出に少しでも役に立つのであれば、わたしはなんと言われてもかまいません」

「では、しばらく待っていて下さい」

　次の連絡を待つ間、夏希は考えていた。

　ネット上で自分の発言が炎上することは、誰でも怖いものだと思っていた。

　だが、今回のように大きな目的のためのひとつの手段と考えればどうということはない。

　最初から炎上を狙っている俗に言う「確信犯」であれば、発言者のこころは少しも痛まないだろう。

　恐ろしいことだと夏希は感じていた。

　スマホが鳴動した。

「ツィンクルその他の主要SNSに先ほどの投稿をアップしました。受け皿の独自フォームのURLと管理者のログインID、パスワードを送りますね」

「ありがとうございます。ログインしてからまたお電話します」

夏希はいったん電話を切ると、小早川から送られてきたURLなどを確認した。パスワードは例によって、県警サイトのかもめ★百合のプロフィールの最後の文句である「KARESHIBOSHYUCYU」だった。

こんなときでも、小早川のサディスティックなところは変わらない。夏希は苦笑した。

アクセスしてみると、飾りっ気のない入力フォームがあり、管理者のログインリンクがあった。

ログインしてから夏希はふたたび小早川に電話を入れた。

「独自フォームにログインできました」

「さぁて、あとは裏切り者が出てくるのを待つだけですね」

「実際にミーナちゃんがそうしたコミュニティを作っているかはわかりませんけれど」

「ミーナが誘拐されてからすでに二十時間が経過しました。《シャドウ》からの接触は一切なく、捜査員からの新たな情報もありません。捜査本部は手詰まりの状況です。たとえ、一パーセントだとしても、いまはこの可能性に賭《か》けるしかないと思います」

「そうですね。できることはなんでもやってみないと……やっぱり炎上していますか」

「かもめ★百合を非難する意見と、応援する意見が相半ばしています」

「そうなんですか……」

「たとえばツィンクルでは投稿の五秒後から、『生意気だ』とか『心が狭い』というような趣旨のリプライが次々と投稿されています。一方で、『波龍はけしからん』とか『波龍は刑務所に行け』などというかもめ★百合を擁護するリプもたくさん投稿されています。うーん、両方の立場の投稿者がかなり激しくバトルを始めていますね」

「見ないようにします」

自分で招いた事態だとしても、非難リプなど見ていては気分が悪くなる。

「ええ、ＳＮＳは見ないほうがいいでしょう。真田さんは先ほど送った独自フォームだけ見ていて下さい」

「わかりました」

電話を切って、夏希は受け皿の独自フォームを開いた。

こちらはいまのところ一件の投稿もなかった。

神奈川県警が設置しているフォームだけに、イタズラ投稿のハードルは高そうだ。

午前一時をまわっていたが、眠気は少しも襲ってこなかった。

三十分ほどして、投稿があったことを示すアラートがディスプレイにポップアップされた。

夏希は胸を高鳴らせて投稿メッセージを注視した。

——僕は波龍さんとのやりとりで、かもめ★百合さんの悪口をたくさん書きました。ごめんなさい。僕は逮捕されますか。

きわめて稚拙な文章は、小中学生くらいの精神年齢を感じさせた。

——こんばんは。かもめ★百合です。投稿ありがとう。まずあなたのお名前を聞かせてね。

——マルスZです。僕は逮捕されますか。

——マルスZくんは逮捕されるようなことをしたの？

——かもめ★百合さんはバカで生意気みたいなこと書きました。ごめんなさい。

こんな子どもからも悪口を言われているのかと思うと、夏希は複雑な気持ちだった。

——マルスZくんはいくつかな？

――十歳です。

夏希は驚いた。小学校四、五年生だ。まさかそんな低年齢だとは思っていなかった。

――ねぇ、君は波龍から秘密のサイトにご招待されたのね？

――サイトじゃなくって……ここみたいなやつ。メッセージのやりとりができるんです。波龍センパイからツィンクルでDM来て招待されました。

コミュニティではなく、秘密のメッセージフォームを作っていたようだ。

――ツィンクルにも、あなたはかもめ★百合の悪口を書いてたのね？

――はい、ブスでキモいみたいなこと書きました。

――ひとつだけでいいから、書いたことそのまま教えてくれるかな？

少し間があった。ツィンクルからコピペしているのだろう。

——こういうブスのキモ女がえらそうにのさばってるの見てるとムカつくんですけど。

だいたい女のくせに刑事とかなってるのおかしいだろ。

夏希はふたたび驚いた。この子は悪口を言うときは大人と変わらない文章を書くのか。

——わたしは刑事じゃないんだよ。もうネットに人の悪口を書かないって約束してくれるかな。

——約束します。だから逮捕しないで下さい。

逮捕されたくなくて必死なこの子がかわいそうになってきた。

——それだけでは逮捕されないけど、これからは人の悪口をネットに書いちゃダメだよ。

——ごめんなさい。もうしません。

——招待されたのはマルスZくんみたいな子どもばかりなの？

——ほかの人のことは僕からは見えないのでわかりません。

同年齢の子どもよりはるかに進んだ能力を持つミーナが、大人ではなく、マルスZのような子どもと仲よくしたいと思ったことが不思議だった。天才少女でなくとも、十三歳くらいは背伸びしたい年頃だ。

——ねぇ、なんでマルスZくんが波龍に招待されたと思う。

——もしかすると趣味が合うからじゃないかと思います。

——趣味ってなに？

——テディベアです。僕はテディベアを集めてるんです。

——ねぇ、あなた女の子なの？

――いいえ、男子です。

ぬいぐるみのコレクションを女性の趣味とする感覚は、偏ったジェンダー観によるものだと、夏希は反省した。

子どもの頃からテディベアを愛し続け、世界的にも著名なテディベア・コレクターとなったボブ・ヘンダーソン英国陸軍大佐などの例もある。史上最大の作戦と呼ばれ、第二次世界大戦の趨勢《すうせい》を変えた一九四四年のノルマンディ上陸作戦にも、大佐は愛するテディベアを同行させた。退役後の一九七三年には、ホノルル放送局のオーナーであるジェームズ・オウンビーとともに、十月二十七日を「心の支えを必要としている人にテディベアを贈るグッドベア・デー」として定めた。

――男の子がテディベア集めたってぜんぜんおかしくないよね。ボブ・ヘンダーソン大佐って知ってる？

――もちろん知ってます。ヘンダーソン大佐のことは尊敬しています。波龍センパイもそう言ってました。

――波龍はテディベアをたくさん集めていたのかな？

——シュタイフ社のヤツだけで五十四は集めているんだって言ってました。僕はまだ四匹しか持ってないんだけど、いろんなテディベアの話をしました。波龍センパイがいちばん大事にしているのは《テディベア　レプリカ　１９０９》だって。

夏希は別ウィンドウで検索してみた。マルガレーテ・シュタイフは、テディベアでもっとも有名なドイツ・シュタイフ社の創業者であった。彼女が作った一九〇九年ベアのレプリカは七万円もする。

——お願いがあるの。あなたと波龍のやりとりを見てみたいんだけど、マルスＺくんのお名前とかＩＤを借りてもいいかな。

しばらく返事がなかった。これは一種の脅迫だなと感じつつも、夏希は答えを期待した。

——ＵＲＬはhttps://haryu.to/30057です。ＩＤはMarsZでパスワードはHERBERT57です。

――教えてくれてありがとう。ねぇ、マルスZくんにこちらから連絡したいときがあるかもしれないんだけど、どうすればいいかな？

――かもめ★百合さんのツィンクルに「召喚」って書いてくれたらここにアクセスします。

――きっとよ。約束してね。

――約束します。

――それからもうネットで人の悪口を書かないこと。

――わかりました。

会話を終えると、夏希は別のウィンドウを開けて提示されたページにアクセスした。タイトルもなく、真っ白なページにＩＤとパスワードの入力フォームだけが置かれていた。

ログインしようとしたが、何度やっても Error: Login failed（ログインの失敗）のメッセージが表示されて先へ進めない。

　夏希は小早川管理官に電話を入れた。

「小早川さん、見てましたか？」

「ええ。小学生とはね……しかし、真田さん、子どもとのやりとりも上手《うま》いですね」

「臨床医のとき、少数ながら、子どもも診てましたから」

「じゃ、リアルでも会話できるんですね。僕は子どもは苦手だなぁ。たとえば、十歳の子にどうやって自己紹介すればいいのかわかりませんよ。たとえば、管理官って言葉ひとつ説明できない」

「そんなの慣れですよ。人の子の親となれば、誰でも子どもと会話するわけですし」

「まぁ、そんなものなのかもしれませんね」

　小早川は小さく笑って言葉を継いだ。

「炎上に参加している者はネットユーザーの〇・五パーセントに過ぎないという研究もありますが、未成年者も多く、小中学生も少なくないとは聞いています」

「あの文章能力なら、大人が書いていると思うでしょうね」

「たしかに……ところで、提示されたＩＤとパスワード使ってログインしようとしましたが、エラーコードが出てはじかれました」

「わたしも撥《は》ねられました。あの子が嘘を吐いたんですか？」

「いえ、違うと思います。おそらくは、マルスＺ側のＩＰアドレスかＭＡＣアドレスをチェックするプログラムが作動しているんですよ。それで、登録してあるＩＤに紐《ひも》づけされているＩＰアドレス、ＭＡＣアドレスでない場合には、撥ねるシステムになっているんだと思います」

「と、言うことは、マルスＺくんのＰＣなり端末を借りないと、ログインできないってことですか」

「まぁ、ＰＣや端末というよりは、彼のネット環境を借りなければなりませんね」

夏希は不安になった。

「でも、あの子の家に捜査官を差し向けたりしないで下さい。親に叱られるかもしれないし、マルスＺくんがかわいそうです」

「残念ながら、コミュニティ、フォーラムといった形式でないので、ログインしてもほかの人物とのやりとりを見ることはできません。捜査官を向かわせる必要はないでしょう」

小早川の声は沈んだ。

「たとえば『波龍と遊ぼう』みたいなフォーラムでも作ってくれていればよかったんですが」

ミーナはやはり孤独好きなのだろう。マルスＺとのやりとりは文通に近いものといえるかもしれない。

「後で、マルスＺにいままでのやりとりのすべてをコピーして送ってもらいましょう。

十歳の子ども相手のやりとりでは、たいした収穫はないとは思いますが。もし必要なときにはマルスＺから事情聴取をすることもあるかもしれませんが……」

「そのときは、なるべく穏やかな人に担当させて下さい」

「加藤さんみたいな人はダメですね」

小早川管理官は小さく笑った。

「あ、ぜーったいにやめて下さい」

夏希はあわてて叫んだ。

加藤では「おい、小僧っ。素直に吐かないと大人になるまで刑務所暮らしだぞ」くらいの脅しをかけかねない。

「了解です。場合によっては島津さんに行ってもらいましょう。彼女もいまは何もできなくて歯噛《はが》みしていますので」

「冴美さんなら大丈夫ですね。でも、アサルトスーツは……」

あんな無骨な格好では、マルスＺも家族も脅えてしまうだろう。

「配慮します。それより収穫はありましたね」

「波龍がミーナである確率が高いですね」

「というかほぼ確実でしょう。真田さん、少なくとも一歩前進しましたよ」

小早川管理官の声がいくらか明るくなった。

「テディベアの話ですね？」

「ええ、被害者宅に行った捜査員が、龍造寺博士の承諾を得てミーナの部屋を任意でざっと調べたんです。で、わかったんですが、あの部屋に並んでいたクマのぬいぐるみはすべてドイツのシュタイフ社製テディベアだったことがわかりました。事件に関係ないのでお伝えしませんでしたが……」

「マルスＺくんが、波龍は五十個持っていると言っていました」

「部屋にあったのは四十九個で、墓参に一個を持って出ているので、数的にも符合します。会話に出てきた《テディベア　レプリカ　１９０９》のレプリカが彼女が持って出たひとつなのか確認させてます。テディベアに詳しい人間がいれば早くわかるのですが……」

「あまり意味はないでしょうけれど」

「まぁ、そうですね。いずれにせよ、波龍はミーナです。となると、わたしたちは彼女に辿《たど》り着くための重要人物を手に入れたことになります」

「まさかと思いますが」

夏希は息を呑《の》んだ。

「そうです。真田さんあなたです」

小早川管理官は力強い声を出して言葉を継いだ。

「波龍は執拗《しつよう》にかもめ★百合を攻撃していました。しかも、波龍は十万回も再生される動画のコメント欄を閉じていたわけです。かもめ★百合の評判を貶《おとし》めたいだけなら、ッィンクルやさまざまなSNSでの炎上を狙うでしょう。僕はようやくわかった。ミーナは真田さんに並々ならぬ関心を持っていたのです。ミーナを動かしていたのは、警察一の頭脳と謳《うた》われている真田さんに対するライバル意識なのかもしれません。彼女は自分の頭脳に自信があるはずです。だから、真田さんのあら探しをすることで、自分のほうが頭がいいことを確認したかったのです」

　小早川が興奮しているのがわかった。

「でも、ミーナちゃんはわたしと直接やりとりする機会があったのにもかかわらず、そこではひと言ふた言しか会話をしようとしませんでした」

「うーん、そうですねぇ。ミーナは直接的な対話をあまり好まない人物なのではないでしょうか」

　夏希はミーナが傷つきを抱えている少女だと痛ましく思っていた。

「内向的というのとはちょっと違うと思いますが、ミーナはプライドを傷つけられることを恐れていたように感じられますね。だから、マルスZのような子どもを相手にしていたのでしょう。子ども相手なら傷つく怖れは少ないですから」

「ギフテッドである上にマージナルマン……いや、マージナルガールですからね。気難しい少女というイメージがますます強くなりますね。とにかくいまは真田さんが頼りです」

　マージナルマンというのは、シカゴ学派の社会学者ロバート・E・パークの造語で、

「境界人」「周辺人」と訳される。ふたつの社会ないしは集団のどちらにも完全には帰属していない人々を指す言葉である。ふたつの文化を冷静に客観視できる力を持つ一方で、不安定で動揺しやすい行動様式を示すとされる。

この概念は、ドイツの心理学者、クルト・レヴィンによって、子どもと大人のどちらにも属しきれない青年期の人たちを指す言葉としても用いられるようになった。

ミーナは日本とエストニアのふたつの文化のどちらにも帰属できないのかもしれない。また、十三歳でありながら大人以上の能力を持っている少女である。パークの使った意味でもレヴィンの使った意味でも、ミーナはマージナルな存在なのである。

「さっきのマルスZくんみたいに、ほかの誰かがアクセスしてくれるといいんですが……」

「僕もリアルタイムでモニターしてますから」

「よろしくお願いします」

電話を切ると、二時を過ぎていた。

小早川は寝なくても平気なのだろうか。もっとも捜査本部が立ち上がると、多くの捜査員は仮眠程度しか取れなくなる。

まして今回は誘拐事案である。時間との勝負といえる。

冴美もきっと眠っていないだろう。

夏希はますます目が冴《さ》えてきてしまった。

だが、今日の仕事を考えると、少しは身体を休ませなくてはならない。

眠れなくとも横になっていようかと思ったそのときである。

独自フォームの着信アラートが鳴った。

夏希はあわてて跳ね起きると、起《た》ち上げたままのPCに向かった。

――こんばんは。わたし、龍造寺ミーナの友だちです。

胸の鼓動を抑えつつ、夏希は返事を打った。

――あなたのお名前を教えて下さる？

――ユーリといいます。

――はじめましてユーリさん。ミーナさんが波龍と考えて、あなたはここにアクセスして下さったの？

――はい、波龍と名乗っているのはミーナです。わたしは彼女のリアルでの友だちです。彼女とは月に一回くらいは二人の家の近所の披露山公園あたりで会っています。

ミーナが披露山に住んでいることを知っている。いたずらではない。初めてミーナのリアル友だちが登場してくれた。しかも、少なくとも児童ではなさそうだ。

夏希の胸は高鳴った。

とは言え、信用してよい相手なのか……。

とりあえずは会話を進めなければならない。

——ありがとう。わたしはユーリさんのお話が聞きたいです。

——その前に教えて下さい。ミーナにいったい何があったんですか。

——えっ……どういうこと？

背中に嫌な汗が流れ落ちた。

——今朝からミーナと連絡が取れないので、心配しています。それだけじゃありません。彼女の家に警察の人たちがたくさん詰めかけています。わたし彼女の家の近所なので、ちょっとようすを見に行ってみたんです。このフォームはミーナになにかがあったから、作られたものなのではないのですか？

夏希は答えに窮した。

こころの内を見透かしたようにスマホが鳴動した。

「ユーリからのアクセスは大成功ですね。でも、誘拐という言葉を使わないで下さい」

小早川の緊張した声が響いた。

「ですが、ユーリさんは、龍造寺宅に捜査員が詰めかけている事実を知っています」

「そうですねぇ……では、家出して行方不明というかたちで答えてはどうでしょうか。それから、ユーリには捜査員が彼女の家に行っている事実をＳＮＳなどで発信しないように釘《くぎ》を刺して下さい」

「わかりました」

——ミーナちゃんは家出しちゃったのね。いろいろと心配な事情があって、警察でも対応しています。

冷や汗を掻《か》きながら夏希は返信した。

――そうだったんですか。わたしはミーナのことがすごく心配です。

――わたしも心配しています。警察でも一所懸命に彼女の居場所を探しています。でも、いまミーナちゃんを刺激しないほうがいいと思います。だから、ユーリさん、彼女の家に警察が行っていることなんかは黙っていてね。

――わかりました。誰にも言いません。

――ありがとう。わたしたちも慎重に捜査しています。

――かもめ★百合さん、ミーナについてお話ししたいことがあります。もしかすると、彼女の居場所に関係するお話かもしれません。

――ぜひ教えて下さい。

夏希は声を上げそうになった。

――いえ、直接、お目に掛かってお話ししたいのです。とても大事なお話です。

――伺いたいです。でも、ここでお話し頂けないんですか。

――そこはきっとほかの警察の人も見ているのでしょう？　かもめ★百合さんと二人きりでお話ししたいんです。

勘のいい子だ。だが、夏希のこころには不安が沸き起こってきた。

ユーリと名乗る相手の正体は不明だ。文体からは中高生くらいの若い女性のように感ずるが、そのように装っているだけかもしれない。

ふたたびスマホが鳴動した。

「情報を収集できるチャンスかもしれません。ぜひ、受けて下さい」

小早川管理官の声は弾んでいた。

「でも、どこの誰かもわからないんですよ」

夏希は不安をそのままぶつけた。

「もちろん何者かはわかりません」

小早川はあっさり答えた。

「ユーリと名乗る人物は、本当にミーナちゃんの友だちなのでしょうか？」

いままでのやりとりで、確信を持てる材料はなかった。

「いまの時点では、ユーリがどういう立ち位置の人間かはつかめませんね。もちろん発信元の特定は急ぎますが……」

「《シャドウ》の一味ということは考えられませんか」

夏希にとっていちばん心配なことだった。

「考えにくいですね。もし《シャドウ》だとしたら、真田さん一人が待ち合わせ場所にやって来るなどと考えるはずはありません。捜査員が鵜《う》の目鷹《たか》の目で待ち受けていると考えるはずです。《シャドウ》がそんな危険を冒してまで、真田さんと会いたがる理由はないと思います」

小早川はきっぱりと言い切った。

「《シャドウ》でないとしても、相手の正体がわからないだけに、やっぱり不安です」

拉致《らち》されたり、ナイフを向けられたりした恐ろしい記憶が蘇《よみがえ》った。

「真田さんの不安はよくわかります。しかし、いま捜査は手詰まり状態です。ユーリからのアクセスは、現時点では唯一の光明といえます。ミーナを救うために、このアクセスを活《い》かさないわけにはいきません」

小早川は諭すような口調で答えた。

「でも、わたしは、こういった未知の人物との接触に慣れていません」

刑事たちと違って、夏希が事件関係者と直接会う機会は、やむにやまれぬ場合に限られている。

「本来ならば刑事部の捜査員がユーリと会えばいいのかもしれません。ですが、彼女は真田さんを指名してきています。不幸なミーナを救うためです。ここはぜひとも真田さんにお願いしたいです」

小早川の言葉には、夏希も反論できなかった。ミーナを救いたいという気持ちに変わりはない。

「わかりました。会ってみます」

「心配しないで。がっちりと警護はつけますから」

予想はしていたが、この言葉を聞いてホッとした。

「よろしくお願いします」

「真田さんを危険な目に遭わせるようなことはしません」

小早川は力強く言って電話を切った。

——ユーリさんはわたしを信用して下さっているのね。

——はい、あのミーナがやっているニカ動を見ていて、かもめ★百合さんはちゃんとした人だと思いました。だから、二人きりでお話ししたいのです。

——どこへ行けばいいのかな？

——うちの近く……逗子まできてもらえますか？

——もちろん行きます。

——披露山の下に逗子海岸駐車場というのがあります。そこへ一人で来て下さい。

夏希は別ウィンドウを起ち上げて、マップで位置を確認した。国道一三四号沿いに小さな公共駐車場がある。

——場所はわかりました。何時に行けばいいのかな？

——たとえば四時とかでは無理でしょうか？

夏希は驚いた。これから会おうというのか。

——四時って、今朝の四時のこと？

二時半を廻《まわ》っている。タクシーを飛ばせばじゅうぶん四時前には着けるはずだが……。

――そうです。できるだけ早くお話ししたいんです。かもめ★百合さんはどこにいるの？

――横浜にいます。

スマホに着信があった。

「受けて下さい。タクシーなら間に合いますよね。四時十五分前までには逗子海岸駐車場近くに覆面を二台と四人の捜査員をまわします」

四人で守ってくれるなら安心だが……。

「ユーリに気づかれないようにできますか」

「もちろん可能です。いま現場付近のストリートビューを見ていますが、入口は狭くかなり細長い駐車場ですね。公衆トイレと食堂も併設されています。覆面パトをできるだけ奥のほうに停めて、四人を建物裏に配置します。何かあったら、すぐに対応できます」

「くどいようですが、ユーリは《シャドウ》の一味ではないですよね」

夏希にとって、やはりいちばん不安なことだったが、小早川はさらりと答えた。

「考えられませんね。真田さんを誘い出してもメリットはないでしょうから。捜査員の配置はあくまでも念のためです」

「そうですよね」

もう一度考えたが、《シャドウ》にとって夏希に価値があるとは思えない。

夏希はふたたびディスプレイに向かった。

——わかりました。四時に逗子海岸駐車場に伺います。わたしのことわかりますか？

——きっとわかると思います。神奈川県警一の美人なんですよね。

——そんなことありません。でも、四時にタクシー降りる人なんていないでしょうから。

——タクシーも帰しちゃって頂けますか？　少し長くなるかもしれません。わたし、自分のクルマで行きますから。

とすると、ユーリは免許の取れる年齢なのだろうか。だが、余計なことを訊《き》いてユーリの気が変わっても困る。

――わかりました。きっとそうします。

――では、四時に逗子海岸駐車場で！

ユーリからの返信が終わるやいなや着信があった。

「警護の手配をしました。大船に乗ったつもりでお出かけ下さい」

「よろしくお願いします。こちらを何時に出ればよいですか」

「そうですね。この時間ですから、四十分も見れば間違いないでしょう」

短いやりとりで電話が切れた後、夏希のこころにふたたび大きな不安が沸き起こってきた。

だが、ユーリは間違いなくミーナのことを知っているし、夏希が襲われる理由はない。

四人で守ってくれるなら心配はないはずだ。

夏希は自分のこころを抑えつつ、出かける支度を始めた。

少しでも気分を明るくしたくて、クローゼットからマルチストライプの刺繍《ししゅう》が入った明るいブルーのワンピースを選んでみた。

【2】@二〇二〇年九月二日（水）

自宅へ呼んだ近所のタクシーで一路、逗子海岸を目指した。

運転手はいつぞや上杉が逗子から舞岡まで送ってくれた本郷台《ほんごうだい》経由の逆ルートを辿《たど》った。

夜明けに近い時刻なので、道路はどこもガラガラだった。

本郷台の駅を通過するあたりでスマホに着信があった。

「真田、お疲れ」

加藤の声が聞こえた。

「お疲れさまです。加藤さん」

「逗子海岸駐車場で配置についてるからな」

無愛想な声だったが、じわっと嬉《うれ》しくなった。加藤は警護役に立候補してくれたのに違いない。

「こんな時間にありがとうございます」

「ほかに石田と所轄の若い奴ら二人だ。まぁ、別に危険なこともあるまいが」

「よろしくお願いします」

加藤なら頼もしい。

夏希の不安な気持ちはかなり薄らいだ。

段葛《だんかずら》に沿って走り、二の鳥居を越え真っ暗で誰もいない若宮大路《わかみやおおじ》を海へ向かって走る。

鎌倉警察署の脇を通り一の鳥居をくぐると、タクシーは海沿いの国道一三四号へと入った。

右手の車窓から暗い海のあちこちに浮かぶ白い波頭が見える。

伊勢《いせ》山《やま》トンネルを抜けると、以前関わった爆破事件のあった小《こ》坪《つぼ》オーシャンホテルを通り過ぎてゆく。

すぐに左側に公営駐車場のゲートが見えてきた。

「お客さん、あそこだよ」

「入口で下ろして下さい」

「でも、こんな時間にここになんの用があるの？」

運転手はけげんそうな声で訊いた。

「人と待ち合わせしているんです」

「あ、そうなの……」

納得したようすではなかったが、タクシーは入口付近で停まった。

料金を支払ってゲート手前で下りると、タクシーはUターンして鎌倉方向に走り去っていった。赤いテールランプが小さくなっていった。

波音が響き渡って潮風が頬を撫《な》でてゆく。

いちばん気温の低い時間だろうが、蒸し暑さを感ずる。

日の出まで一時間を切っている。あたりはまだ暗闇が包んでいるが、一三四号線に並んでいる道路灯のおかげで案外と明るい。

国道を通るクルマは一台もない。

夏希はゲートの脇を通り過ぎ、駐車場内へと足を踏み入れた。

緊張で背中がこわばる。

左手には急な崖《がけ》に貼りつくように公衆トイレと食堂の建物が見えた。

入口のあたりにはクルマが駐《と》まっておらず、あたりは静まりかえっている。

二十メートルほど先の公衆トイレのかたわらに一人の女性が立っていた。

白っぽいワンピースを着ている。若い女性のように思われる。

女性は夏希に気づいて右手を上げてかるく振った。

ユーリに違いない。

（やっぱり女の子だったんだ）

帆布製のショルダーバッグの肩紐《かたひも》に左手を添え、夏希は女性に向かってゆっくりと歩み寄っていった。

胸の鼓動はどんどん高まってゆく。

そのときだった。

（えっ？）

夏希は背後からつよい力で羽交い締めにされた。

身もだえしたが、身体はびくとも動かない。

（やめてっ）

叫ぼうとした。

だが、もうひとつの影が、身体の左側から迫った。

影は夏希の口もとをつよい力で押さえつけた。

（加藤さん助けてっ）

加藤はどこにいるのだろう。

建物の裏側にいるはずの加藤の姿は見えない。

ユーリと思《おぼ》しき女性の姿も消えていた。

次の瞬間、夏希は左の二の腕に鋭い痛みを感じた。

刃物ではなく針のようだ。

薬物が注入される。

（なにか打たれた）

なす術《すべ》はなかった。

夏希の視野が歪《ゆが》んだ。

目を開いているのに、どんどん暗くなっていく。

やがて視界は暗転した。

深い井戸の底に落ちてゆくような感覚に全身が襲われた。

そのまま夏希の意識は失われていった。

どれほど時間が経ったのだろう。

急に夏希の意識は戻った。

(生きている!)

安堵《あんど》と喜びが身体の奥底から湧き上がった。

全身がかすかにしびれているが、自分の胸はたしかに鼓動し呼吸を続けていた。

恐る恐るまぶたを開くと、アイボリーに塗られたスチール天井に無機質な蛍光灯が光っている。

まわりは木目のスチール板で覆われている。

右手の壁が大きく傾斜した、やたらと狭い部屋だった。

かすかな機械のうなり音が聞こえてくる。

いったいここはどこだろう。

「お目覚めになりましたね。真田分析官」

耳触りのよい声が響いて、夏希は跳ね起きた。

夏希は濃紺のビニールで覆われた幅の狭いソファに寝かされていた。

反対側にも同じソファが置かれている。

直角の位置には金色の星のマークが輝く一人用の椅子が配置されている。

夏希は驚いた。

ブルーと白のチェックのテーブルカバーの向こうにスーツ姿の男が座っている。

四十歳前後の金髪をきちんと整えた白人男性だった。おそらくはアングロ・サクソン系だろう。リネンのスーツを着て、白いワイシャツに黒っぽいネクタイを締めている。

「モーニングコーヒーでもいかがですか？　もっともここのコーヒーはあまり美味《おい》しいとは言えないが」

男は大仰に顔をしかめるジェスチャーをして小さく笑った。

ステンレスのコーヒーポットと白い磁器のカップがテーブルの銀盆の上に置いてあった。

夏希は言葉が出ずに、半身を起こしたまま黙って座っていた。

「神奈川県警随一の頭脳と称される真田分析官にお目に掛かれて光栄です」

男の言葉は日本人が話しているとしか思えない流ちょうさを持っていた。

男は右手を差し出したが、握手をする気分ではなかった。

だが、穏やかな笑みを浮かべたまま、男は差し出した右手を引っ込めた。

ハリウッド映画に登場する俳優のように鼻筋が通って、青い目には知的な光が宿っている。

穏やかだが、どこか厳しい雰囲気を持つこの男はいったい何者なのだろう。

「あ、あなたはいったい」

もつれる舌を引き剝《は》がすようにして、ようやく夏希は尋ねた。

「まず、このような乱暴な方法で真田分析官をご招待したことに、合衆国政府を代表してお詫《わ》び申しあげます」

「合衆国政府ですって！」

夏希の声は裏返った。

「はい、わたしは合衆国中央情報局インテリジェンスオフィサーのケネス・ウィバーと申します」

「あの……それってＣＩＡのことですか」

夢を見ているのではないかと思って夏希はぼんやり訊《き》いた。

「そうです。わたしは横浜を中心として活動しています。インテリジェンスオフィサーというのは日本語では機関員と訳されます」

ウィバーは写真入りのＩＤカードを手渡した。

名刺大くらいのハードプラスチックのカードを、夏希は子細に眺め回した。

白地のカードの上部に Central Intelligence Agency と記され、Kenneth Weaver の氏名とＩＤナンバーや階級か役職らしき記述があった。白鷲《しろわし》をかたどった紋章も入っている。

事実だとわかると腹が立ってきた。

「アメリカ政府機関のＣＩＡが、こんな犯罪者みたいなことをするんですか」

ＩＤカードを返しながら、夏希は苦情を訴えた。

「大変、申し訳ない。事情はこれからお話しします。あなたに投与した薬は睡眠導入剤です。ここへご案内するために、一時的に眠って頂きました」

ウィバーはテーブルに両手をついて深々と頭を下げた。

なんとなく日本人のような仕草だった。

「大変に丁重なおもてなしですね」

夏希の皮肉にもウィバーは穏やかな笑みを失わなかった。

「まことに恐縮です」

「それより、いったいここはどこなんですか？」

どう考えてもふつうの建物ではない。

ウィバーの背後の壁には、何に使うのかわからない計器類が並んでいる。

頭がつかえそうな低い天井には赤く四角いランプも見える。

木目の壁のあちこちに、英語の説明表示がなされている。

右手の壁には物入れらしい小さい扉がいくつも並んでいる。

「合衆国海軍潜水艦の士官公室です。現在は浦賀《うらが》水道の横須賀沖を航行中です」

「せ、せんすいかん……」

夏希の舌はもつれた。

「今回の任務はホワイトハウスから下されている第一級のミッションです。国家安全保障局はもちろん、合衆国陸海軍も協力態勢をとっているのです」

たしかに潜水艦の内部と言われれば納得できる空間だった。ウィバーがＣＩＡのインテリジェンスオフィサーであることにも疑いの余地はないわけだ。

船の揺れはほとんど感じなかったし、水の音も聞こえない。ごくゆっくりと航行しているのだろう。ただ、何かの動力機関の音と振動は壁を通して伝わってきている。

「それにしてもなんで潜水艦なんですか」

「敵はわたしたちの周囲にも盗聴器などを仕掛けているおそれがあります。これからお話しする内容は誰かに漏れたらとんでもないことになります」

ウィバーの目が光った。

夏希は緊張して言葉を発した。

「詳しいお話を伺いたいです」

「まぁ、コーヒーをどうぞ」

「また眠らされるのは嫌です」

夏希は首を横に振った。

「そんなことはしません。さぁどうぞ」

ウィバーはふたつのカップにコーヒーを注いでひとつに口をつけた。

喉《のど》が渇いていたので、夏希もコーヒーカップに手を伸ばした。

ちょっと薄めだが、味は悪くなかった。

「いま何時ですか」

「午前九時を廻《まわ》ったところです」

ウィバーが指さした左手の壁には無機質な時計が壁に埋め込んであった。

四時間以上も眠らされていたことになる。

「ずいぶん時間が経っていて驚きました」

「よくお休みでしたから」

ゆったりとウィバーは笑った。

「ふつうの方法でわたしのところに来て下さればよかったじゃないですか」

「もし、わたしたちが真田分析官に接触しようとしていることが敵に知られ、あなたの生命《いのち》に危険が迫ることを恐れたのです」

背中にどっと汗が噴き出した。

しかし、敵とは何者なのだろうか。

「だから、あなたとの接触を、誰にも知られたくなかったのです」

「国道一三四号を通るクルマから目撃されたかもしれませんよ」

「それもありません。あなたが乗ったタクシーが走り去ってからしばらくの間、駐車場を挟んだ二箇所で工事規制を装ってクルマを遮断していましたから」

念の入ったことだ。

「そんなに手間暇掛けずとも、事情を話して下さればこっそりどこへでも出向きましたよ」

「やはり危険が伴います。道路閉鎖などわたしたちにとっては、夕飯にラムチャップを作るより容易《たやす》いことなのです」

ウィバーは喉の奥で笑った。

「メッセージで、ユーリと名乗ったのはもしかすると……」

夏希はすでに確信していたことを訊いた。

「ええ、わたしです」

けろりとした顔でウィバーは答えた。

「逗子海岸駐車場にいたあの女性は誰なんですか」

「部下の一人の日本人です」

つまり夏希をおびき出すエサの役目だったわけだ。

「加藤さんたちはどうなったんですか」

「ああ、警護の四人の警察官ですね。ご心配なく。あなたを警護する命令は、タクシーが逗子海岸駐車場に着く十分前に解除されています」

あの場からは去っていたのか。

とりあえずはホッとしたが、腹は立った。

「みんなミーナちゃんの誘拐事案の捜査で忙しいのに、迷惑な話だと思います」

「あなたをお連れするためにはやむを得ませんでした」

「いまごろ、県警ではひと騒ぎが起きていますよ」

「その心配はありません」

　ウィバーはあっさりと答えた。

「だって第二の誘拐事件が起きたのですから」

　ゆっくりとウィバーは首を横に振った。

「神奈川県警はそのようには認識していません。あなたにここへ来て頂くことは、日本国政府の了解を得ています。刑事部の皆さんには黒田刑事部長から『真田分析官については警視庁公安部の秘密捜査に協力することになった。身柄の安全は確保されているので捜査不要』との指示が出ているはずです」

　黒田刑事部長の名前も知っているとは。

　夏希は整った顔立ちを見た。

「警視庁公安部が関係しているのですか」

　日本の代表的な情報機関は内閣官房の内部組織である内閣情報調査室や、警察庁警備局だが、実働部隊としてもっとも力を持っているのは警視庁公安部である。公安部の捜査員は全国を股《また》に掛けて飛び回り秘密捜査を行っている。

「いいえ、便宜上、名前を使わせてもらいました」

　夏希は驚きを隠せなかった。

「詳しいお話を聞かせてください」

とにかく事情を知りたかった。

「はい、まず最初にお願いしたいのですが、わたしたちは現在、合衆国と日本、さらには欧米やロシア、中国と、世界各国の危機を避けるための任務を遂行しています。あなたがここで聞いたことは絶対に他言してはなりません。あなたが誰かにしゃべったら、多くの罪なき人の生命が失われる恐れすらあるのです」

ウィバーの表情は真剣そのものだった。

自分のつばを飲み込む音が聞こえた。

「わかりました。なにがあっても人には話しません」

ウィバーはあごを引いた。

「あなたはこの春、正確に言えば三月三十日に、神奈川県の酒匂ダムで異常放流が発生した事実を知っていますか」

たしかそんなニュースを見た覚えがあった。

「はい、テレビかネットのニュースで見ました」

「国土交通省は、計測機器等の故障によりダム水量管理システムが誤作動して自動放流されたとの調査結果を発表しましたが、それは事実ではありません」

「日本政府が事実を隠蔽《いんぺい》したというのですか」

「そうではありません。国土交通省も調査に携わった専門家も、真実をつかめずにいるのです。わたしたち合衆国政府は国交省の混乱した情報をキャッチして解析した結果、春の異常放流が人為的なものであるとの結論に到りました」

「つまり悪意を持った誰かが、ダムの放流量をコントロールしたということですか」

「そうです。あるクラッカーの製作したプログラムによって、三保ダムの放流量がコントロールされてしまったのです」

「そんなことが可能なのですか」

「十数年前まで世界中のダムは、人間が計測機器の数値をチェックしてコントロールする仕組みでした。ですが、現在は先進諸国のダムのほとんどが、コンピュータ制御となっています」

「でも、そのシステムは独立しているのではないのですか。外部からのクラッキングなど可能なんでしょうか」

　ウィバーは渋い顔で答えた。

「お言葉の通りコントロールシステムは、基本的には有線ＬＡＮによるイントラネットワークで構成されています。しかし、遠隔地の雨量計や水量計などからの情報伝達にはインターネットを介在しなければならないのです。そこに外部からの侵入の余地があるわけです」

　たしかにウィバーの言うことは容易に想像できた。急峻《きゅうしゅん》な山の上や崖上《がけうえ》などに設置された雨量計などからダム管理事務所までケーブルを引っ張ってくることは困難だろう。

「つまり、コンピュータ制御のダムのコントロールシステムは、ネットとの接続を遮断できないのですね」

「その通りです。インターネットの接続を切れば、ダムの水量管理システムそのものがマヒしてしまいます。クラッキングプログラムは制御システムのこの隙を狙っているものです」

「手動で止めることはできないのですか」

　ウィバーは眉を曇らした。

「問題はその手動停止です。ダムの洪水吐《こうずいばき》設備にはいろいろなタイプのものがありますが、狙われることが想定されるのは水門を設けてあるダムです。現在の大型ダムでは水門の開閉は、もちろん動力、おもに電力によって行っています。さらにこの手動停止システムもまた、いくつかのダムでは、ソフトウェアによって制御されています」

「そうなんですか」

「いま申しましたプログラムは、ネットからイントラネットの制御ソフトウェアに侵入し、自動制御プログラムばかりか手動停止プログラムもコントロールしてしまうのです。つまり、どんな手段を使っても放流を停めることができず、放水量はクラッカーの手に握られてしまうのです」

「なんて恐ろしい」

「しかもこのプログラムは一種のコンピュータウィルスなのです。潜伏機能を持っており、ダム制御ソフトウェアが感染しても、管理者はすぐには気づかない。動作して初めて大騒ぎになるおそれがあるのです」

　ウィバーは鼻から大きく息を吐いた。

「クラッキングを防ぐ方法はないのですか」

「もし仮に酒匂ダムだけを守れというのであれば、警戒要員を待機させてクラッキングを防ぐ方法はあるかもしれません。しかし、世界中の無数にあるダムのどこが襲われるかわからない以上、防ぐことは難しいと言わざるを得ません」

「もし異常放流が止められなかったら、大変なことになりますね」

　夏希の声は乾いた。

「その通りです。我が合衆国のフーバーダム、ロシアのサヤノシュシェンスカヤダム、ブラジルのイタイプダム、イタリアのバイオントダム、スペインのアルメンドラダムなどの巨大ダムで過放流を起こされたとしたら……。さらに、異常放流が止められないとしたら、どんな事態になるかおわかりかと思います」

「わかります……」

　夏希の脳裏に逆巻く濁流に呑《の》み込まれる村々や逃げ惑う人々の姿が浮かんだ。

「洪水が引き起こされれば、さまざまな被害が発生します。たとえば中国の長江《ちょうこう》にある世界最大級の三峡《さんきょう》ダムは、この問題に関わりなく、危険水域を超えていて世界中が危惧《きぐ》しています。三峡ダムが決壊すると、およそ三十億立方メートルの水が流れ出すことになります。そうすると安徽《あんき》省、江西《こうせい》省、浙江《せっこう》省の都市はおろか、遠く上海《シャンハイ》まで被害が出ることが予想されています。中国だけでも四億人から六億人の被災者が発生するとの試算もされています。さらに恐ろしいことに、上海市周辺部の九基の原子力発電所の機能が停止し、大規模な原発事故が起きるとの予測もされています。中国だけの問題ではなくなるのはおわかりでしょう」

三峡ダムの話は聞いている。夏希は返す言葉もなくうなずいた。

「かようにダムの過放流は、甚大な被害をもたらします。巨大ダムが悪意によってコントロールされるおそれがある。そんな話がマスメディアなどによって報道されれば、世界中がパニックに陥ります。ダムで人命が損なわれることと同じくらいに各国政府が危惧しているのは、この事実が明るみに出れば、国によっては民衆の暴動などを誘発しかねないということです」

ウィバーは眉間《みけん》に深いしわを寄せて言葉を継いだ。

「巨大ダムを政治的に利用しようとした事実もあります。古い話ではありません。二〇一四年のウクライナ騒乱のときの話ですが、ザポロジエ市政府は、親ロシア派の義勇軍が同市を占拠すればドネプロ水力発電所のダムを爆破と脅迫したことがあります。実行されれば、多くの被災者が発生するところでした。幸いにも未然に防がれましたが、このように巨大ダムは治水、上水道や各種の産業に寄与する反面、悪意の破壊によって大変な災厄を呼び起こす危険性も併せ持つのです」

夏希にも今回の誘拐の持つ意味がわかってきた。

「実は、合衆国は二〇一三年に、ニューヨーク州のボウマン・アベニュー・ダムのダム制御ソフトウェアをクラッキングされた経験を持ちます」

「本当ですか！」

「はい、マンハッタンから北北東へ五〇キロ足らずのライブルック村にあるごく小さなダムです。幸いにも、当日、水門は保守作業中で制御システムから切り離されていたために被害は生じませんでした。二〇一六年に司法当局は、大手金融機関四六社に対するサイバー攻撃に関する容疑でイラン人七人を起訴しましたが、このうちのハミド・フィルージとい人物がボウマン・アベニュー・ダムのクラッキングに関与したとされています」

「イランからのハッキングだったのですね」

「この事件は合衆国の各マスメディアも大きく扱いました。たとえば、ニューズウィークは、当時の連邦検事、プリート・ブハララの『今は金融システムやインフラ、私たちの生活に、世界のどこからでもクリック一つで攻撃を仕掛けることができる時代だ』という談話を載せています。彼らが小さなダムを狙ったのは目標ダムを勘違いしたという説と、さらに大きなダム破壊の予行演習だったという説があります。現在もイランは合衆国の各種インフラと金融システムを制御するソフトウェアを狙い続けているのです」

「ダムが破壊されたら、大変な損害が出てしまいますね……」

「イランを初めとする世界中のクラッカーたちがインフラを狙っています。ですが、破壊が目的とは限りません」

「つまり……脅迫ですね」

　ウィバーは大きくうなずいた。

「クラッカーは、インフラを『人質』にとって身代金を要求するおそれがあります。二〇一六年には、ロサンゼルスのある病院のコンピューターシステムがランサムウェアに感染しました。この攻撃を仕掛けたクラッカー集団は一万七千ドルの身代金を要求してきたのです。無視すれば、入院患者の生命に危険が及ぶおそれがあったことから、病院側は要求通りの身代金を支払いました。かように、世界中のインフラがクラッキングによる危険にさらされています。合衆国においても、電力会社などの民間機関は政府機関に比べて対策が後回しになっているのが現状です」

　ウィバーは肩で大きく息をついた。

　夏希は詳しいことは知らないが、日本の電力会社が合衆国よりすぐれたクラッキング対策をしているとは考えられなかった。

「問題が非常に深刻だということはよくわかりました。でも、わたしが呼ばれた理由がわかりません」

「酒匂ダムを襲ったクラッキングプログラムを製作したのは誰あろう。龍造寺ミーナなのです」

　声を張ってウィバーは答えた。

「本当ですか！」

　驚くと同時に、やはりそうだったのか、という気持ちはあった。

「彼女は世界に何人もいないプログラムの天才なのです。けれど、その才能がとんでもない悪魔を生み出してしまった……。彼女自身はこのプログラムを《フロウ》と名づけているようです」

「では、春の酒匂ダムの異常放流は……」

「ミーナのイタズラないしはプログラムのテストだったのです。それが証拠に被害が起きていません。彼女は被害が起きない範囲でプログラムを実行したのです。しかし、酒匂ダムの一件でプログラムの危険性が明確になりました」

「おっしゃるとおりですね」

「合衆国政府は、ミーナの誘拐の報を受け、急きょプロジェクトチームを編成しました。世界が危機にさらされているからです。わたしは横浜と湘南、横須賀、三浦半島地区を担当することになったのです」

　ミーナの誘拐事件について報道規制などしていても、ＣＩＡには無意味な話だろう。ミーナの誘拐場所も自宅も湘南地区である。ウィバーは優秀なインテリジェンスオフィサーなのに違いない。

「では……ミーナちゃんを誘拐したのは……」

「そうです。《フロウ》を悪用しようという連中です」

「いったい何者なのですか？」

「これはトップシークレットです。絶対に口にしてはいけません」

ウィバーは厳しい顔つきであらためて念を押した。

「もちろんわかっています」

「国際的な犯罪集団で《ディスマス》という組織です」

「聞いたことがありません」

小早川もそんな組織の名前は口にしていなかった。

「日本のマスメディアなどで報道されたことはありません」

そもそも《ディスマス》とはなにを指す言葉なのだろうか。

「どんな意味のある言葉なんですか？」

「《ディスマス》はカトリックと東方正教会の聖人ですが、実は強盗でした」

「強盗が聖人なんですか」

「ええ、『ルカによる福音書』に登場します。イエス・キリストとともにゴルゴタの丘で十字架に架けられ処刑された人物とされています。二人の強盗がイエスの左右の磔《はりつけ》柱《ばしら》に登らされたのですが、左の磔柱の強盗がイエスを散々ののしったそうです。ところが、右の磔柱のディスマスは左の強盗を『おまえは同じ刑を受けていながら、神を恐れないのか。お互は自分のやった事のむくいを受けているのだから、こうなったのは当然だ。しかし、このかたは何も悪いことをしたのではない』と諫《いさ》めた上で、『イエスよ、あなたが御国の権威をもっておいでになる時には、わたしを思い出してください』と言ったそうです。イエスは『よく言っておくが、あなたはきょう、わたしと一緒にパラダイスにいるであろう』と答えたとのことです。ディスマスはイエスから直接天国行きを約束された人物と言われています。そんなことから、ディスマスは『強盗聖人』とも呼ばれています。もっともディスマスという名前は後の時代につけられたとのことです」

　夏希は少女時代まではプロテスタント教会に通っていたが、信徒ではない。聖書のこのエピソードは知らなかった。

　小早川が名づけた《シャドウ》は《ディスマス》だったのだ。

「それで《ディスマス》はどんな組織なのですか」

「詳しいことはわかっていません。構成員は傭兵《ようへい》経験者をはじめ、マフィアなどほかの犯罪組織から追い出された者、なかには各国の諜報《ちょうほう》機関あがりの者もいるらしい。射撃の腕に長《た》けた者、爆発物の専門家、ＩＴ技術や薬物の技術者などさまざまな分野のエキスパートを集めているそうです。本拠地はヨーロッパらしいが、はっきりとはわかっていません。どうやらカリスマ的な指導者がいるようです」

——ただの誘拐じゃない。硝煙の臭いがするんですよ。

——実行犯はプロの犯罪者であるばかりではなく、銃器なども使い慣れている奴らではないか。そんな気がしてならないんです。

小早川の勘は当たった。

「ＣＩＡですら、その程度しか実態をつかんでいないとは驚きですね」

ウィバーは苦い顔つきになって口を開いた。

「自らの存在を覆い隠すことに長けている連中なんです。ロシアのＦＳＢ……連邦保安庁や、中国のＭＳＳ……国家安全部だってたいした情報は持っていないはずです。あなた方、日本警察だって、なにもつかめていないでしょう？」

「たしかにその通りです」

神奈川県警はミーナを誘拐した犯人が《ディスマス》であることもつかんでいない。

「なんで《ディスマス》がミーナちゃんを誘拐したとわかったんですか」

謎だった。自分たちはなんの材料もなく困り果てているのに。

ウィバーは眉根《まゆね》を寄せた。

「実は……。合衆国政府に対して《ディスマス》から第一回の脅迫がなされたのです」

「脅迫ですって！」

夏希はウィバーの言葉を思わず繰り返した。

「ミーナが誘拐されてから数時間後のことです。彼らは『龍造寺ミーナと《フロウ》を手に入れた。合衆国政府にはわたしたちに対する多大なる支援を期待している』と脅迫してきました。わたしたちは春の酒匂ダムの一件からミーナを監視対象としていたのですが、隙を突かれて《ディスマス》にしてやられました」

「じ、じゃあ、いまこの瞬間にも、世界のどこかでダムが……」

　自分の声が大きく震えるのがわかった。

　だが、ウィバーの表情は大きく動かなかった。

「現時点でそれはないと思います」

「なぜ、そう言えるのですか」

「ミーナが製作した《フロウ》はミーナ本人が記憶しているキーワードを別の暗号キー生成プログラムに入力して得られた文字列を代入しないと動作しない仕組みになっています。わたしたちも解析を繰り返しましたが、暗号キーを解明できずにいます。また、暗号キー生成プログラムの所在は不明です。キーワードと暗号キー生成プログラムのふたつがないと、《フロウ》は効力を持ちません」

「でも《ディスマス》はすでにミーナちゃんから手に入れているのではないですか」

「もし手に入れていれば、すでにどこかのダムでちょっとした過放流を起こさせ、脅迫をさらに実効性のあるものとしているはずです」

「考えたくはありませんが……《ディスマス》は、ミーナちゃんに暴力を振るうのではないでしょうか」

　なにより心配なのは拷問だった。

想像するだけで、背中がこわばった。

「未成年者への拷問は《ディスマス》のやり口ではありません。彼らは自らを聖人と称しているくらいですから」

「でも、いざとなったら何をやるかわからないのではないですか」

夏希の不安は少しも消えなかった。

「いままでの調査では、ギフテッドだけあってミーナはかたくなな性格です。脅しても容易には彼らの要求には応じないと思います。また、誤った暗号キーなどを教えて、コントロール不可能な動作を起こさせるくらいのことはやりかねない狡猾《こうかつ》さを持っています。たとえば、彼らの根拠地に洪水を起こされたら、たまらないでしょう」

「なるほど……」

天才少女なら、それくらいの自己防衛策は考えるかもしれない。

「しかもミーナは自己催眠を掛けて暗号キーを顕在意識から放逐して潜在意識下に追いやっていると推察されています。従って自白剤や拷問などの手段は無駄だと思われるのです」

「ＣＩＡの判断を信じたいと思います」

信じるしかなかった。

「あらゆる資料を解析して、じゅうぶんに検討した結果です」

ウィバーはきっぱりと言い切った。

　とはいえ、不安が完全に消えたわけではなかった。

「《ディスマス》は、ミーナが精神的に未発達なところにつけこんで、彼女の歓心を買い、暗号キーを入手しようとしているはずです。つまり、ミーナは言いたい放題、やりたい放題に甘やかされているに違いありません」

　大いにありうる話だろう。

「それが事実なら、まだ安心なのですが」

「逆に父親の龍造寺博士は《ディスマス》に誘拐されて脅迫に使われるおそれがあります。本人の承諾を得て、わたしたちがすでに安全な場所に保護しています」

　夏希もちらっと不安に感じていたところだった。

「それはよかったです……ところで、あなたたちはミーナちゃんに関する情報をいったいどうやって入手していたのですか」

　不登校の引きこもりで友だちも少ないミーナの情報入手は困難だろう。

「家政婦として龍造寺家で働いていた野村直美と称していた女性は、わたしの部下の一人です。情報収集とミーナの身辺警護を任務としていました」

「そうだったんですか！」

「本当は彼女を住み込みにさせたかったのですが、ミーナも龍造寺博士も通いしか希望しませんでした。ただ、かたくななミーナも、直美にはいくらかこころを開いてくれたようです。ミーナとの会話のなかで解析の資料となるデータをたくさん収集することができました。ただし、ミーナのPCをチェックすることはできませんでした。こうなった以上は、早い時期に直美の手でPCを入手していればよかった。そうすれば、飛躍的に解析も進んだと思います。しかし、一方で直美は龍造寺宅を出るしかなくなり、次のエージェントを送り込むことは不可能に近くなります」

　ウィバーは鼻から息を吐いた。

「ひとつ不思議なことがあります。ミーナちゃんを誘拐した事実は、暗号キーを手に入れるまでは黙っていたほうが得なような気がします」

「わたしたちにはミーナを奪還できないと《ディスマス》は高をくくっているのでしょう。さらに、彼らは活動資金に窮しているという噂も聞きます。脅迫によって合衆国政府からちょっとでも早く金を脅し取りたいのだと思います」

「それで……わたしがここへ連れてこられた理由を教えて下さい」

　自分が何をすべきなのか、はっきりとはわからなかった。

「龍造寺ミーナが本気で立ち向かっている世界でただ一人の人物が、真田分析官、あなただからです」

「どういうことですか」

「波龍、すなわち龍造寺ミーナが作り続けてきた『愉快なかもめ★百合さん』は、彼女があなたに並々ならぬ関心を持っている証拠です。関心どころではない。真田分析官が過去に活躍した事件を一つ一つ検証して、あなたの行動のわずかな問題点を指摘して優越感に浸っています。わたしたちの分析では、ミーナは真田分析官に自分の能力を認めてほしいのです。つまり、一種の承認欲求です」

　ＣＩＡは波龍がミーナであることもとっくに把握していたわけだ。

「一般的な承認欲求とは違うと思いますが」

「そうですね。ＳＮＳの発達した現代社会で誹謗《ひぼう》中傷などの問題行動をとる人間は、承認欲求に突き動かされているとも言えます。世間一般に認めてもらいたいという他者承認を求める心理です。しかし、ミーナの場合には自分が人並み外れて優秀であるという自意識が強いために、ふつうの人に褒められても少しも嬉《うれ》しくないのだと思います。自分が一目置いている優秀な人物から認められなければ意味がないと考えていたのでしょう。だから、あなたを挑発したのです。もちろん、嫉妬《しっと》の感情もあるでしょう」

　ウィバーは自信たっぷりに言い切った。

「わたしは天才少女が一目置くような人間ではありません」

　反論しながらも、ミーナの心理はウィバーの指摘通りであるような気がしてきた。自分はそれほど優秀なわけではない。だが、引きこもりで周囲との距離を置いているミーナから見れば、活躍している同性としてうらやましく思う部分があったのかもしれない。ミーナはやはり精神的には未成熟な十三歳の少女なのだろう。

「要するに、ミーナはかもめ★百合の大ファンなのです。一般論としてもファンとアンチは紙一重ですからね」

　ウィバーは小さく笑った。

「それで、わたしは何をすればいいのですか」

　答えはなんとなくわかってはいた。

「ミーナとの対話を試みて下さい」

「でも、県警相談フォームで対話を試みた際には、ほとんど反応しませんでした」

「いま彼女は、甘やかし放題されているでしょうが、スマホとPCは取り上げられているはずです。誰かに連絡をとられても困りますし、また、《フロウ》を書き換えられても困るからです。合衆国は《ディスマス》との通信手段を確保できています。このフォームを使って、ミーナに呼びかけてみれば、外部との対話に飢えているミーナは反応するのではないでしょうか」

「《ディスマス》がそんなことを許すでしょうか」

「ミーナの機嫌をとるために、ある程度は認めざるを得ないと考えています。試してみる価値はおおいにあります。いまはこの手しかないのです」

「首尾よくミーナちゃんの反応があった場合、どんな対話をすればいいのでしょうか」

「彼女が何を望んでいて、どこに行きたがっているかを聞き出してほしいのです。そのような答えのなかからわたしたちの解析チームがミーナの居場所を特定したいと思います」

「そんなことが可能なんですか」

「あからさまに居場所がわかるような答えは、《ディスマス》が許すはずはありません。しかし、何気ない答えのなかからなんとかミーナの居場所を特定したいのです」

「自信がありません」

　もし、自分の対応に問題があって、ミーナの身に危険が及んだ場合を考えると、夏希は躊躇《ちゅうちょ》せざるを得なかった。

「真田分析官、世界中が危機にさらされているのですよ。事態は急を要します。ミーナの救出は、イコール世界を救うことなのです。これは日米両国政府にとっての重大責務です。さらに、日本国警察官としての責務でもあります。さらにあなたへの協力要請は日本国の警察庁長官も了承済みの事項です」

　ウィバーはつよい口調で言い切った。

「つまりわたしの仕事なんですね」

「そうです。あなたの仕事なのです」

　ぎらりとウィバーの目が光った。

「もし、あなたが正式な権限にこだわるのであれば、こうした協力要請ではなく、神奈川県警本部長に命令書を発給してもらう手続きをとりましょうか」

「いえ、そんな必要はありません。自分にできる最大限の努力を致します」

「ありがとう。感謝致します」

　ウィバーはふたたび右手を差し出した。

今度は夏希も握り返した。

意外とあたたかい掌《てのひら》だった。

「わたしたちも昨日から必死でミーナの行方を追っています。空港からの出国は、日本の警察がチェックしています。また、我が海軍と海上自衛隊、海上保安庁の協力を得て沿岸部の警戒を強めていますので、海から彼女を国外に連れ出すことは不可能に近いと思います。波打ち際でつかまるような、そんなヘマを《ディスマス》はやらかしません。ミーナは日本国内のどこかに拉致《らち》されているに違いないのです」

「どうにかヒントをつかめるといいのですが」

「わたしたちは真田分析官に期待しています。ミーナを《ディスマス》の魔手から救出することは世界秩序の安寧のためなのです」

「ミーナちゃんを救出したら、その後はどうするつもりなんですか」

「もちろん、二度とこんな事態を招かないように保護します」

「保護というより監視するのでしょう。利用するために」

さっきから夏希のこころのなかに浮かんでいた疑いだった。

「おっしゃっている意味がわかりかねますが……」

ウィバーはほほえみを浮かべた。

「もし、ミーナちゃんがロシアや中国などの手に渡ったら、合衆国は不利な状況に追い込まれますよね。彼女はいわば核兵器並みの破壊力を持った兵器となり得るわけですから」

「たしかに、何かを勘づいたらしくロシアのＦＳＢや中国のＭＳＳも暗躍しています。彼らの手に渡すわけにはいきません」

「ミーナちゃんと完全に作動する《フロウ》があれば、合衆国は対ロ、対中関係で非常に有利な立場になるんじゃありませんか」

一瞬、ウィバーは沈黙した後で、ゆっくりと口を開いた。

「わたしたちの目的は、不幸な少女を救出し、《フロウ》の脅威から世界を平和に保つことしかありません。人道的見地から合衆国は力を尽くしているのです」

りんりんとウィバーの声が響いた。

「まぁ、そういうことにしておきましょう」

「ご不満のようですね」

ウィバーはあいまいな笑顔を浮かべた。

「いえ、わたしもミーナちゃんを救いたい気持ちでいっぱいです」

天才であるがために孤独だったミーナは、いまは大人たちの都合で自由を奪われている。夏希はミーナという少女の運命に深く同情していた。

「さて、次にお願いしたいことですが、真田分析官には、ミーナの救出まで、わたしたちとご一緒頂きたいのです」

「つまり、管理下に入れということですね。家には帰れないのでしょうか」

「残念ながら……秘密の漏洩《ろうえい》を防ぐためです」

「まさか、この潜水艦のなかに閉じ込めるつもりじゃないでしょうね」

「こんな場所にご案内したのは、《フロウ》のことを他者に聞かれたくなかったからです。世界でも《フロウ》を知っている人間は合衆国大統領を始めごくわずかです。ロシアや中国はもちろんのこと、日本政府も詳しい内容は知りません。もうひとつのお願いは、ここを出たら、《フロウ》のことは忘れて頂きたい。誰かに話すことは世界の危機を招くのだと自覚して頂きたいのです」

　ウィバーの目は真剣そのものだった。

　背中にゾクッときた。

　夏希にもその意味はわかった。《フロウ》のことを漏らしたら、夏希は消されるだろう。

「陸に上がったら《フロウ》のことは一切口にしません」

「ミーナへの呼びかけでも、《フロウ》については触れないで下さい」

「わかりました」

　うなずく夏希の頰は引きつっていた。

「ミーナの救出まであなたには、快適なホテルをご用意しますよ」

　要するに監禁されるのだ。

　だが、こうなった以上、いまさらあがいても仕方がない。

「とつぜんさらわれたので、着替えも持っていません」

ひどく間抜けな言葉が出た。

ショルダーバッグは意識を取り戻したときからそばにあったが、Ａ４が入る程度の大きさなので、着替えなどは一枚も入っていなかった。

「そのあたりはご不便をお掛けしないようにします。当方でじゅうぶんな衣類はご用意します。それがお気に召さないのであれば、部下のエージェントをご自宅に派遣して、ご指示頂いた衣類を持ってこさせます」

ウィバーはまじめな顔で答えた。

あわてて出てきたし、リビングはかなり散らかっている。部屋に他人を入れたくはなかった。

「でも……クローゼットやタンスの中身を、エージェントに見られるのは恥ずかしいです」

ウィバーの顔に初めて戸惑いが生じた。

「もちろん女性を選びますので……」

「同性であっても下着なんかは見られたくありません」

「とくに高齢の女性を派遣しましょうか」

ウィバーはますます困惑した表情を浮かべた。

夏希はなんだか意地悪な気持ちになってきた。

ユーリと名乗ってきたメッセージから、ＣＩＡにはいいように翻弄《ほんろう》された。一矢報いたいのは人情だろう。

「でも……部下の方は逐一、ウィバーさんに報告するのでしょう？」

「あなたのプライバシーにＣＩＡは興味はありません。決して記録を取ったりもしません」

顔の前で手を振って真剣に答えた。

「まぁ、そうでしょうが」

「もちろんです。ただ、ご自宅の鍵《かぎ》をお預かりすることになりますが……」

「ＣＩＡに自宅の鍵を渡せとおっしゃるんですか」

夏希はおかしくなって笑い声を立てた。

「もちろん、あなたのお部屋の鍵をほかの用途に使うことはありません。ですが、気になるのであれば後で錠ごと交換致しますよ」

「わたしのパジャマの色なんて大統領に報告しないでくださいね」

からかわれているとわかったのだろう。

ウィバーは一瞬だけムッとした顔つきになったが、表情をやわらげて言葉を続けた。

「もうひとつのお願いですが、スマホをお預かりしたいのです」

覗《のぞ》き込むような表情でウィバーは頼んだ。

「外部と連絡を取れないようにするのですね」

「お言葉の通りです。申し訳ありませんが……」

言葉は丁寧だが、ウィバーは次々に命令を下しているのだ。

拒否すれば、力ずくでもぎ取られるだけだろう。

「どうぞ」

つっけんどんに答えて夏希はスマホを手渡した。

ウィバーはかるく頭を下げて受け取った。

「それでは、そろそろこんな狭い場所を出ましょうか。迎えを呼びますので、しばらくお待ちください」

「了解しました」

迎えといってもタクシーを呼べるわけではない。

いずれにしても、もはや夏希は籠《かご》の中の鳥だった。

立ち上がったウィバーは、一八〇センチはかるく越える長身だった。

筋肉質で引き締まった身体つきは軍人のようにも思われた。

「真田分析官、あなたには期待しています」

笑みを残してウィバーは去った。

【3】二〇二〇年九月二日（水）

あらためてまわりを見まわしてみて、潜水艦の狭さに驚いた。

テーブルクロスをちょっとめくってみると、天板は木目の入ったスチール製だった。

仮止めしてあるので、ふだんは掛けていないように感じられた。

狭い室内に設置されているたくさんの計器類などには興味もなかったので、夏希はウィバーから聞かされた話を振り返ってみた。

ミーナのことを考えると胸が痛む。一刻も早く助け出してあげたい。

しかし、自分は明らかにキャパオーバーの事件に巻き込まれている。

世界の危機を救うミッションに携わるなんて、夢のなかの話としても無理だ。

しかも今回は近くに仲間が誰一人としていないのだ……。

夏希は言いようのない孤独感と不安感に包まれていた。

とつぜん、天井スピーカーから英語で短い言葉が聞こえた。

低くよく通る声は、間を切って何度か聞こえた。

どうやら指揮官が乗組員に命令を発しているらしい。

すぐに夏希は奇妙な感覚を全身に受けた。

足元が揺らぎ、身体が持ち上げられる。

上りのエレベーターに乗ったような感覚にも似ているが、前後にも振られている。

周囲からゴボゴボッという水音が響いてくる。

潜水艦が浮上しているのに違いない。

すぐに身体の違和感は消え、まわりは静かになった。

五分ほどすると、ウィバーが姿を現した。

「さぁ、この艦から下りて頂く準備が整いました」

「はい……」

どうしていいのかわからず夏希は戸惑った。

「わたしの後についてきてください」

ウィバーは士官公室から狭い通路に出た。

夏希もショルダーバッグを手にして無機質な薄緑色のスチール壁を伝いながら進むと、すぐに円筒形のようなスペースに出た。見上げると、二メートルほど上にまるく切り取られた明るい空がある。

開かれたハッチから潮の香りが吹き込んできた。

ハッチへ続く銀色の梯子《はしご》が設けられていて、足元には鷲《わし》のマークの大きなステッカーが貼られていた。

「この梯子を上ります」

ウィバーは言葉と同時に梯子を上り始めた。

夏希も梯子に取りついた。たいした高さではないので恐怖感はなかった。

逆にこの閉塞《へいそく》空間から外へ出られることは嬉《うれ》しかった。

すぐにまたどこかに閉じ込められるわけだが……。

ハッチの出口付近は白く塗装されており、銀色に輝く手すりが設けられていた。

手すりに力を掛けると、半身が外に出た。

青い空から強烈な陽差しが降り注いだ。

まぶしい。

そう感じた瞬間、背中からひょいと抱えられて夏希は外に出た。

驚いて振り返ると、グリーンの迷彩服を着たウィバーと同い年くらいの軍人が立っている。

金色の刺繍《ししゅう》が入った紺色のキャップをかぶり、左胸にはＵＳ　ＮＡＶＹ、右胸には氏名らしきROBERTSONと縫い取りがある。貫禄《かんろく》から見て下士官のようだ。

頑丈そのものの体格で、半袖《はんそで》からはみ出た二の腕は夏希の太股《ふともも》よりはるかに太い。

下士官は片目をつぶってから挙手の礼をした。

夏希は自分が、細長く真っ黒い鉄のかたまりの上に立っていることに気づいた。

すぐ近くに合衆国の国旗を掲げた潜水艦の司令塔がそびえていた。

アンテナなのか潜望鏡なのかよくわからないシャフトが、何本か天に向かって延びている。

足元から動力機のものなのか、かすかな振動が伝わってくる。

あらためて自分が米海軍潜水艦の甲板に立っていることを悟った。

（これって原子力潜水艦だよね……）

米海軍の潜水艦はすべて原子力潜水艦だと聞いたことがある。

夏希が落水することを防止するためなのか、あたりにはぐるりと鉄支柱が並んでいてグレーの鉄鎖が取り巻いている。

司令塔の前に、ウィバーと白い開襟シャツの軍服を着て制帽をかぶった軍人が立っていた。肩には金筋が入った士官肩章が光っている。

四十代くらいの士官は筋肉質で、引き締まった身体をしていて、グレーの瞳《ひとみ》には強い光が宿っていた。

まわりには、数名の迷彩服姿の乗組員が立っていた。白人が多いが、肌の色はさまざまで誰もが屈強な身体を持っていた。

驚きが収まってようやく、自分がどこかの入江にいることに夏希は気づいた。

波はほとんどなく、入江はマリンブルーにとろりと沈んでいた。

左右の両舷《りょうげん》、五百メートルあたりに陸地がある。

左舷側には艦船は入っていないが巨大なドッグが見えている。大きなクレーンが三本延びて、まわりには倉庫や低層の建物が建ち並んでいる。

右舷側は緑の岬で、小さな船舶が停泊している岸壁が延びて、やはり低層の建物が見える。

右舷の真下には、白い小型ボートが、ギリギリの距離で浮かんでいた。

驚いたのは、左舷前方にグレーに塗色された軍用艦船が何隻も停泊していることだった。

立ち働く人々の姿もたくさん見える。

遠目でよくわからないが、日本人ではないようだ。

「ここは……」

「そう。横須賀の米海軍基地です。在日米海軍司令部や極東海軍施設部隊が置かれています」

ウィバーと士官は何ごとかを英語でやりとりした。

「艦長のリチャード・オコンネル中佐です。あなたに会えて光栄だといっています」

オコンネル中佐は、ほほえみながら右手を差し出した。

「お世話になりました」

夏希は中佐の手を握り返した。

「ヨロシクオネガイシマス」

中佐は夏希の手をつよく握って片言の日本語を口にした。

グレーの瞳が夏希をつよい視線で見つめている。

戸惑いながら、夏希は頭を下げた。

「では、ボートに移乗しましょう」

ウィバーがゆったりと誘《いざな》った。

夏希を引き揚げてくれた下士官が短く号令を掛けた。

巻きばしごのタラップが潜水艦からボートに向かって降ろされた。

さらに一本のガイドロープが降ろされると、ウィバーは右手を突き出した。

「バッグを預かります」

夏希がバッグを手渡すと、ウィバーは自分の肩に掛けてロープを手にしてさっとボートに乗り込んだ。

下士官が夏希の顔を見てにっこりとほほえみ、掌《てのひら》をボートへかざした。

「ありがとう」

ガイドロープをつかんで、夏希はおそるおそるタラップを下りた。

あと少しというところで、白い開襟シャツを着たボートの乗組員が両手を差し伸べて助けてくれた。

潜水艦よりは揺れるボートの床であったが、夏希は無事に立つことができた。

下士官がふたたび号令を掛けると、タラップやガイドロープはすぐに収納された。

ボートにはほかに二人の白人の乗組員がいた。

少なくとも階級章などのついた軍服は着ていない。ＣＩＡの人間なのだろうか。

エンジンの回転が上がり、ボートは波を立てて潜水艦を離れた。

甲板の上ではオコンネル艦長を始め乗組員のうちの十名ほどがずらりと並んで、夏希に挙手の礼を送っている。

恥ずかしさをこらえて、無帽ながら夏希も挙手の礼を返した。

ボートは湾口へ向かってぐんぐんと速力を上げている。

キャビンには客席と思《おぼ》しきシートが二名分用意されていた。

青空はひろがっているが、少し雲が出ていて直射日光は遮られている。デッキで潮風を浴びているほうが気持ちがよかった。

こういう状態は気づかないうちに多くの紫外線を浴びる。

お肌には大敵なのだ。

だが、海の底に閉じ込められていた夏希としては、キャビンに入る気にはなれなかった。

ふつうのモーターボートより、ちょっとずんぐりむっくりした船形で珍しかった。

「この船は変わった格好をしていますね」

「ウィラードマリン社製の高速艇です。合衆国海軍のキングストン型高速哨戒艇《しょうかいてい》のベースとなっている船ですが、民生用なので武装はしていません」

「海軍のボートじゃないんですね」

「ええ、この船の船籍は日本国です……ところで、船酔いは大丈夫ですか」

「はい、おかげさまで強いほうです」

古くは北海道の湘南と呼ばれたこともある函館《はこだて》はヨットやモーターボートのクルージングが盛んな土地柄である。

少女時代の夏希は、父の友人の船に乗せてもらって一日遊ぶ機会も少なくなかった。

「それはよかった。三十分もかからない船旅です」

「父島《ちちじま》にでも連れて行かれるかと思いました」

「まさか……東京湾の中ですよ」

ウィバーは笑った。

「オコンネル中佐は任務の内容を知っているのですか」

「いいえ、彼に知らせるわけにはいきません。ただ、真田分析官が合衆国と日本国と世界のために尽力してくれるということだけは話しました」

それで中佐たちは丁重な態度を取ってくれたのか。

両肩に期待が重くのしかかっている。

ボートは横須賀港を出て、東京湾の西側をかなりの高速で北上している。

タンカーや自動車運搬船、コンテナ船など、すれ違う大型船舶はまるで止まっているように見える。

右舷には房総《ぼうそう》半島が思ったよりもずっと近くに延びている。

左舷側に八景島《はっけいじま》シーパラダイスのタワーが見えてきたときには、なんだかふつうの世界に戻ってきたような気がして嬉《うれ》しくなった。

「ところで、ウィバーさんはどうしてそんなに日本語がお上手なんですか」

最初から聞きたかったことだった。

「わたしはホノルル生まれですが、五歳から十三歳までは横浜で育ちました。それでバイリンガルになったのです」

「言葉だけ聞いていると、日本人と変わりませんね」

「ありがとう。それでずっと日本勤務を命ぜられています」

「日本はお好きですか」

夏希は何の気なく訊《き》いた。

「もちろん。育った国だから嫌いなはずはありません」

ウィバーは言葉少なに答えた。

根岸湾の奥に石油コンビナートの白いタンクが見えて、南本牧《みなみほんもく》のコンテナ基地が見える。

前方の右側には房総半島から東京湾の真ん中に延びる東京湾アクアラインの橋梁部《きょうりょうぶ》が近づいて来た。海ほたるや風の塔も見えている。

海上からはアクアラインの全景が見えて珍しかった。

「ディズニーシーに連れて行ってくださるんですか？」

「お望みなら、アフター6パスポートをご用意しましょう。六時までに仕事を終わらせてくださるんですよね」

あっさりかわされた。

このまま東京湾の奥まで行くのかと思っていたら、左舷に横浜港シンボルタワーが見えてまもなく、ボートは左舷側に大きく転舵《てんだ》した。

ベイブリッジがぐんぐん迫ってくる。

いったいどこへ行くのだろう。

このまま山下埠頭《やましたふとう》か、県警本部のある海岸通り方向、あるいはみなとみらいにでも向かうのか。

ところが、ベイブリッジをくぐると、ボートは舳先《へさき》を大きく右へ向けた。

横浜北水堤の赤灯台を通り過ぎて、右手近くに大黒《だいこく》埠頭の赤白のクレーンが並んでいるのが見えてくる。

「どこへ行くのです」

「ノースピアです」

ウィバーはさらりと言った。

「そうでしたか」

夏希は得心がいった。

ノースピアは、横浜市神奈川区に属する埋立地であるノースドックの大部分を占める在日米軍施設である。瑞穂《みずほ》埠頭とも呼ばれ、終戦後、合衆国に接収されていたが、昭和二十七年のサンフランシスコ講和条約発効以降、日本からの提供敷地として米陸海軍が使用している。

隣接した土地を横浜市が埋め立て、五年ほど前から公共埠頭として民間用に使っている。

また、ノースドックのなかには、もともと民間用である鈴繁《すずしげ》埠頭と呼ばれる領域もある。ほかの米軍基地と異なり、米軍施設と民間用地がフェンスも塀もなく並立している地域である。

瑞穂埠頭部分は、おもに米陸軍の第八三六輸送大隊が使用している。対岸の千若町《ちわかちょう》には米海軍の艦隊軍事郵便センターが置かれている。

夏希は詳しいことは知らないが、一般の人間はノースドックには立入禁止だと聞いている。

左舷《さげん》では新しい埋立地部分に作られた横浜市の風力発電所ハマウィングの白いプロペラがゆっくりと回っている。

ボートは瑞穂埠頭の北側を大きく廻《まわ》りこんで、対岸の千若町の埋立地部分との間の水路に入った。このあたりから東神奈川の駅までは直線距離では一キロちょっとしかない。

アーチ形の瑞穂橋が見えて来たあたりでボートは速力を落とし、左舷側の岸壁に近づいていった。

岸壁には作業服姿の白人男性が二人ほど待ち構えている。

ボートの乗組員がロープを投げると、岸壁の作業員が手早くクリートに舫《もや》いを取った。

エンジンがうなり、フェンダーという防舷材を下ろしたボートはゆっくりと接岸した。

「お疲れさまでした。さぁ、どうぞ」

岸壁は低く、下船は容易だったが、ウィバーが手を貸してくれた。

すぐ前の道路には、黒塗りのキャデラックが停まっていた。

スーツ姿の白人の運転手がドアを開けて待っていた。

ウィバーと夏希が乗り込むと、キャデラックはすぐに発進した。

後部座席にはスモークが張られていたが、それでも外はよく見えた。

海側から三本並行して走っている道路のいちばん内側に入ったかと思うと、倉庫と低層ビルの間を通って反対側へ進む。広い駐車場や草野球のグラウンドらしきものも見えている。

すぐに木々に囲まれた二階建ての木造の洋館が現れた。

かなり広い建物で五十年くらいは経っていそうだが、白い羽目板の壁はきれいに塗り直されている。

全体の意匠はいかにもアメリカ風で、窓はすべてダブルハング・ウィンドウ（上げ下げ窓）で、バルコニーを白いバラスターが取り巻いているところなど、二十世紀初頭のアメリカン・ヴィクトリアン様式を模したスタイルを持っていた。

道路を挟んだ反対側に、本館の三分の一くらいの同じ様式の二階屋があった。こちらも背の高い落葉樹で囲まれている。

キャデラックは小さなほうの建物の玄関前で停まった。

「こちらでご滞在頂きます」

「この建物は？」

「ノースピアの陸軍関係者向けのゲストハウスです」

「こんな近くなら歩いたのに」

歩いても五分と掛からない距離だった。

「ノースピアは日本の民間地と境界なく隣接していますので」

ウィバーは気まずそうにいった。

「つまり、わたしの姿を日本人に見せたくないんですね」

ウィバーは真剣な顔で答えた。

「この人口島に続く唯一の陸路である瑞穂橋を渡ったところには検問所があります。ですが、鈴繁埠頭には日本企業の倉庫などがあって、たくさんの日本人が働いています。あなたの顔はネットを通じて一部の日本人に知られている恐れがあります。在日米軍関連の施設にかもめ★百合がいるという噂がＳＮＳなどに流れると、要らぬ憶測を呼ぶおそれがありますので」

運転手がドアを開けて、夏希たちはクルマを降りた。

ゲストハウスの扉が開いて、スーツ姿の白人の男性が姿を現し、夏希やウィバーに会釈した。

機動捜査隊の刑事たちと同じように、受令機のイヤホンらしきものを耳につけている。

屈強な男で目つきが鋭かった。おそらくウィバーの部下だろう。

まわりは英語の表示ばかりで日本語はひとつも見られなかった。

男がドアを開けた。

赤っぽいカーペットのフロアだった。

中央に木製の白い優雅ならせん階段が設《しつら》えられている。

階段の上り口の両脇に、ドアのところにいた男と同じような三人の男が立哨《りっしょう》していた。

二人は白人、もう一人は黒人だった。

男たちはそろってウィバーと夏希に会釈を送ってきた。

夏希の監視についているＣＩＡの職員だろう。

ここもまだ、日本ではなかった。

第四章　ミーナを救え

【1】二〇二〇年九月二日（水）

夏希にあてがわれた部屋はホテルのスイートルームのように、三部屋続きだった。

客間とリビングとツインのベッドルームがあって、それぞれ内側から鍵《かぎ》が掛けられるようになっていた。むろん、シャワールームやトイレも備わっていた。白い陶製のバスタブもシンクも、すべてがビッグサイズなのがいかにもアメリカ風だった。

「悪い部屋ではないと思います」

すべての部屋を案内してから、ウィバーはちょっと得意げに胸を反らした。

ニスがつやつやと光るウォルナットの調度類も豪華で、ゴブラン織りのスプリンググリーンのカーテンも、靴が潜り込むふかふかのローズピンクのカーペットもシックだった。日本とはカラーコーディネートのセンスが違うところがおもしろかった。

このゲストハウスで最上の部屋なのだろう。むろん掃除も行き届いていた。

「この建物は、合衆国政府高官や将官級の軍人などのために用意されています。むろんのこと、盗聴器も隠しカメラもありません。どうぞ安心してご滞在下さい」

「お言葉を信じますよ」

ウィバーの言葉は事実だろう。この部屋まで連れて来て、いまさら夏希を監視する意味はない。

「この部屋にあるものは自由に使って下さい。真田分析官の着替えは後ほどご用意します。シャワールームにはアメニティのほかにバスローブやTシャツ、スウェット、いくつかのサイズの下着類も置いてあります。すべて新品です」

ずいぶんと行き届いたことだ。

「服は何でもかまいませんよ」

「それは助かります」

「わたしの家にとりに行く必要はありません」

十四畳ほどのリビングの中央には一畳分くらいのウォルナットのテーブルと四脚の椅子が置かれていた。

テーブルの中央では、大きめのノートPCが起《た》ち上がっていた。かたわらにはふたつのワイヤレスマウスも置かれていた。

PCはビジネスモデルらしく、黒い地味な筐体《きょうたい》で特徴がなく、デスクトップの壁紙も素っ気ない初期設定のものだった。

「こちらのＰＣを使って頂きます。どうか、お掛けになって下さい」

夏希はＰＣに向かって座った。

かたわらにウィバーが立った。

「ネットにはつながっていないんですよね」

「ノースピア内に構築されたイントラネット経由でインターネットにつながっていますが、フィルタリングされています。基本的には特定のサイトにしかつながりません」

「それで、どうやってミーナちゃんにアクセスすればいいんですか」

「デスクトップの白鷺《しろわし》のアイコンをクリックして下さい」

指示に従ってアイコンをクリックすると、タマネギをデザインに使ったＴｏｒというロゴと〝Welcome to Tor Browser〟という文字が現れた。

「これは……《Ｔｏｒ《トーア》》ですね」

いつも小早川が言っている匿名通信システムではないのか。

「ええ、もともと《Ｔｏｒ》はアメリカ海軍調査研究所の支援で開発されたプログラムですからね」

「そうだったんですか！」

「このブラウザはＴｏｒサーバーを複数回経由してサイトに接続するので、サイト側にはＴｏｒの出口サーバーのＩＰアドレスが表示される仕組みです。もちろん我々の情報通信システムは《Ｔｏｒ》に依存しているわけではありません。たとえば日本の警視庁は、《Ｔｏｒ》のわずかな痕跡《こんせき》から被疑者を逮捕したこともあります。我々はさまざまなアーキテクチャを組み合わせています。ちょっと失礼」

　ウィバーは自分のマウスをクリックした。

　シンプルなデザインの入力フォームが現れた。

「このフォームは、いま現在、世界でただひとつだけ《ディスマス》との対話が可能な場所です。《ディスマス》がわたしたちを脅迫したことで、彼らとの連絡手段を手に入れることができました」

　ウィバーは重々しい声で言葉を続けた。

　夏希の喉《のど》がごくりと鳴った。

「《ディスマス》になんと呼びかけるのですか」

「かもめ★百合が、ミーナと話したがっている。必ず彼女に伝えてほしいというメッセージを英文で送ります。こころの準備はいいですね」

「はい、覚悟はできています」

　答える頬が引きつっている。

「まぁ、すぐに返事が来ることはあり得ません。《ディスマス》内部で協議してから結論を出すでしょうから」

「本当にミーナちゃんから返事が来るのでしょうか」

「わたしたちの解析では、八十パーセント以上の確率で返答があると推測しています」

ウィバーは自信ありげに答えた。

「返事があることを祈っています」

もちろん、ミーナとの対話は激しい緊張を伴うものだろう。しかし、彼女を救いたかった。

「わたしはこのPCを一階の部屋でモニターしています。返信が来たら、すぐに参ります。また、なにかご用がありましたら各部屋にあるインタフォンで連絡して下さい」

ウィバーは壁際にあるキャビネットに置かれたインタフォンを指さした。

「わかりました」

「あとで昼食をお持ちします。たいしたものはご用意できませんが……苦手なものはありませんか」

ウィバーは表情をゆるめて愛想よく訊《き》いた。

「ナマコとホヤですね」

ウソではないが、夏希はからかってみたのだ。

米国の将兵がナマコの酢の物でビールを飲むとは思えない。

「ナマコとホヤですか……たぶん、ノースピアでは仕入れていないと思います」

ウィバーは不得要領な顔で答えた。

ふたつの食材を知らないようだった。

「しばらく休ませて頂きます」

夏希は疲れ切っていた。夜明け前の逗子海岸駐車場でさらわれ、潜水艦ではミーナ誘拐の重い真実を知らされ、高速艇でこんな場所に連れてこられたのだ。

「はい、ゆっくりおくつろぎ下さい」

ウィバーは会釈して部屋から出て行った。

シャワーを浴びて少し大きめの新しい下着とライラック色のスウェットを身につけ、夏希はリビングの窓辺に立った。

「わぁ」

夏希は思わず歓声を上げた。

海を隔ててランドマークタワーや、ヨコハマグランド インターコンチネンタルホテル、コスモワールドの観覧車が見える。

角度は違うものの見慣れている建物の数々に、ホッとする気持ちだった。

だが、視線を真下に下ろすと、グレーの艦船がずらりと並んでいる。

戦闘艦ではなく輸送艦のようだが、いずれにしても米軍の船には違いない。

夏希は胸が苦しくなった。

いまの自分は、対岸に見えているみなとみらいのエリアに立つことはできないのだ。

ドアをノックする音が響いた。

ドアを開けると、スーツ姿の若い白人男性がサンドイッチや飲み物が載せられた銀盆を持って立っていた。

「サンキュー」

ぎこちなく礼を言うと、男はかるく頭を下げてドアを閉めた。

昼食はローストビーフのサンドイッチに、フライドポテトとコールスローサラダだった。

どう少なく見積もっても二人分のボリュームだった。添えられているオレンジジュースも五百ミリリットルくらいあった。

朝から何も食べていないので、さすがに空腹だった。

夏希は半分以上は食べた。残すのは嫌だったが、食べきれる量ではなかった。

食事を済ませると、急に眠くなってきた。

夏希はベッドに寝っ転がった。

すぐに夏希は寝入ってしまった。

隣の部屋のテーブルに置かれたＰＣからアラームが鳴り響いた。

夏希は跳ね起きて、テーブルへと急いだ。

部屋のなかには西陽が射し込んでいた。

ドアを叩《たた》く音が聞こえた。

「ウィバーです」

「どうぞ」

夏希は内鍵《うちかぎ》を開いた。

ウィバーは部屋に入って来るなり、夏希の目をまっすぐに見つめた。

「ようやく訪れたチャンスです。真田分析官、よろしくおねがいします」

「わかりました」

夏希の頬は引きつった。

ディスプレイを覗《のぞ》き込むと、短い言葉が視界に飛び込んできた。


――波龍だよ。

夏希はとりあえず答えを返した。

――波龍さん、こんにちは。かもめ★百合です。

――最初にキミがホンモノのかもめ★百合かどうかテストするよ。僕の質問にすぐに答えてね。ググったりしてモタモタしてたら、キミはニセモノだ。


波龍の語調は、いつもの雰囲気だった。

横を見ると、ウィバーがかるくあごを引いた。

かたわらに誰かが立ってこうしたやりとりをするのは、何度も経験している。織田をはじめ、小早川だったり、佐竹だったりした。しかし、夏希の返事をＣＩＡにチェックされているとなると、やはり緊張する。

――どうぞ。

――メシウマっていうのは心理学用語ではシャーデンフロイデって呼ばれるよね。この感情が生まれるときに活性化する脳の部位は？

まさかこんなテストが待っているとは思わなかった。だが、答えはやさしい。夏希は間髪を容《い》れずに返信した。

――大脳基底核にある線条体です。

――正解。じゃ、中間試験の前日に急にゲームがやりたくなったりする心理は、古典的な心理学で異常固着行動と呼ばれるよね。社会心理学で、ほぼ、同じ概念をなんと言うのかな？

——獲得的セルフ・ハンディキャッピングでしょ。

——正解。じゃあ、なんのためにそんな感情が生まれるのかな？

——自尊感情を守るためですね。

——もうちょっと詳しく。

——たとえば、中間試験を受けるとひどい点になってしまうことが予想されるときに、「昨夜はゲームやっちゃったから仕方ないよ」みたいに予防線を張って自分に言い訳して、自尊感情が傷つかないようにするって感じかな。

——そういうことだね。自分がバカだってわかっちゃうのを避けようとするわけだね。次の質問。サイコパスはどうして生まれるのかな？

——反社会性パーソナリティ障害ですね。

——アメリカ精神医学会のDSM-5……『精神疾患の診断・統計マニュアル』の第

五版では後天的なソシオパスと一緒にしてそう呼ぶね。じゃあ、反社会性パーソナリティ障害はどうして生まれるの？

――大脳前頭前皮質の一部分の機能障害であるとする説が有力視されています。

――その学説の根拠は？

――この障害を持つ患者の脳をｆＭＲＩでスキャンしてみると、眼窩《がんか》前頭皮質と扁桃《へんとう》体周囲の活動が低下している傾向が見られます。このため、情動にかかわる認知の機能に乏しいことがわかります。ほかの部分に異常はないことから理性的な認知の機能には問題がないのです。

――正解。どうやら、キミは本物らしいけど、最後の質問だよ。

――どうぞ。

――マシュマロボーイ事件のときのかもめ★百合さんのコーデは？

これはニカ動で流れたので、嫌でも覚えている。

――明るいオリーブの薄手フィールドジャケットに、ボトムスはタンのチノパンでしたよ。

――バッグは？

――コットンのシティユースのデイパックでした。

――キミをホンモノのかもめ★百合と認めよう。

――ね、どうして波龍さんはわたしにメッセージくれたの？

――それはキミがボクのことをミーナだと見破ったからだよ。

――わかっていたのね。

――ＣＩＡがこのフォームを使わせてるってことは、『愉快なかもめ★百合さん』でキミを攻撃してた波龍が、誘拐された龍造寺ミーナだとわかったからとしか思えないんだ。

――さすが、天才少女ね。

――ボクはふつうだ。みんながバカなだけだ。

――いま不自由していない？

――朝から晩まで好きなゲームして、好きな本読んで、好きなもん食べてるからね。こういう状態を不自由というのかな。

――楽しくしてるの？

――楽しいよ。家にいたってつまんないからね。たまにはいいよ。こういうのも。そのうち飽きるだろうけどね。

――わたしと話しててつまんなくない？

――からかうと楽しいタイプなんだよ。かもめ★百合さんは。

――お礼を言う場面ではなさそうね。

――まぁ、そういうこと。かもめ★百合さんのこと、いろいろと訊《き》こうと思ってたんだけど、やめとこう。

――どうして？

――なんか、気分が乗らないだけ。

対話が終了してしまうのはまずい。夏希は焦った。

――なにか質問あるかしら？

――また、クイズやろうか？

――歓迎ですよ。どうぞ。

――知覚、随意運動、思考、推理、記憶など、脳の高次機能を司《つかさど》る大脳基底核を覆っている部位は？

またまた脳科学クイズとは夏希もちょっと驚いた。

――大脳皮質でしょ。

簡単すぎる質問に拍子抜けした。

――脳の記憶や空間学習能力に関わるタツノオトシゴに似たかたちの部位で、男性のほうが女性よりわずかに大きいのは？

――海馬ね。でも、その大きさによる男女の機能差は見出《みいだ》せないとされています。

これまた簡単すぎる質問だった。

——脈絡叢《みゃくらくそう》で産生された髄液を送る側脳室と第三脳室の間にある孔《あな》は？

——え……？

側脳室のあたりの解剖図を夏希は思い出した。もやもやとして思い出せない……。なんでいきなりこんなに細かい質問に変わったのだろう。夏希はいぶかしく思った。

——わかんないの？　じゃあヒントあげるね。大むかしのセクシー女優……。

——わかった。モンロー孔ね。別名、室間孔といいます。

室間孔は、左右の側脳室と第三脳室とをつなぐ孔のことだが、スコットランドの解剖学者、生物学者のアレクサンダー・モンローⅡ世が発見したことからモンロー孔とも呼ばれる。

——正解。情報処理と情報伝達をになう神経系を構成する細胞は？

——ニューロンでしょ。

今度はいやに簡単だった。

——脳脊髄《のうせきずい》を覆う三層の髄膜のうち、外から二層目はなにかな？

——クモ膜ですね。

——言語、記憶、聴覚に関わる大脳葉のひとつは？

——側頭葉です。

——じゃ、大脳葉のうち視覚や色彩の認識をつかさどるのは？

——後頭葉ですね。

——ニューロンが少なく神経線維が集積し走行している脳の領域を何と呼ぶ？

——白質ですよね。

またやさしい質問が続いている。ミーナはいったい何のためにこんな質問を繰り返すのだろうか。夏希は不思議でならなかった。

――中枢神経のなかで分岐点や中継点となっている神経細胞群は？

――神経核です。

――さすがだね。全問正解だ。

――ミーナちゃんは脳科学や医学にも詳しいのね。

――かもめ★百合さんと話すんで、ちょっと勉強しただけさ。

――ミーナちゃんに会いたいな。

――ボクに会いたくなったら、ブローカ野をさまよってみて。じゃあね。

──ちょっと待って。ねぇ、待って。

夏希は焦った。このまま対話を終わらせたくはなかった。

何度か呼びかけたが、それきり返信はなかった。

夏希はディスプレイから目を離した。

「お疲れさまでした」

ウィバーがねぎらいの言葉を掛けてきた。

「あまり成果はなかったですね」

夏希は肩を落とした。

「いいえ、そんなことはありません。ミーナと対話ができたではありませんか。これは大きな成果です」

「やはり本物のミーナと考えていいでしょうか」

「真田分析官はどうお考えですか」

「意思疎通は形式的に過ぎず、自分の言いたいことを言い続ける、ほぼ一方通行の対話のあり方。自分の知を誇らしげに語り続ける態度。また、実際に脳科学と解剖学の知識をかなり身につけているようです。ちょっと勉強したくらいだとすれば、非常に頭のよい相手であることは間違いありません。いままで考えてきた龍造寺ミーナのイメージとぴったり重なります」

夏希はミーナだと確信していた。

「わたしもあなたと同じ考えです。彼女は本物です」

ウィバーは大きくうなずいた。

「でも、対話はあまり意味のないクイズで終始してしまいました」

「ミーナは真田分析官が手応《てごた》えのある相手かどうか試していたのでしょう」

「手応えを感じなかったのかもしれませんね。だから、さっさと対話を打ち切ってしまったんじゃないでしょうか」

ミーナがクイズ以外にろくなメッセージを送ってこなかったことに夏希は不安を感じていた。

「第一回ですからじゅうぶんな成果だと思います。ミーナは、あなたにつよい関心を持っている。あなたと対話したがっている。そのことが確認できました。わたしが真田分析官にミーナとの対話をお願いしたことは正しかったと考えています」

「それならいいんですけど……」

「わたしたちは真田分析官に期待を掛けています」

ウィバーの顔は真剣そのものだった。

「ところで、いまの対話で、わたしが不自然に感じたことがあります」

「なんでしょうか」

「クイズが前半と後半に分かれていましたね」

「ええ……わたしにはほとんど回答できない内容でしたが、さすがは専門家ですね」

「前半はわたしの正体を確かめるための質問でした。いままで手がけてきた事件に関連した脳科学についての知識を試していました。でも後半には違和感を覚えるのです」

「後半は答えが短いものばかりでしたね」

「そうなのです。前半の質問と違って、後半は脳科学というより、単に解剖学の知識です。まじめな医学生なら、すべての質問に答えられるはずです」

「ミーナは『波龍チャンネル』で、真田分析官が取り扱われた過去の事件を研究していましたので前半の質問が出てきたわけですね。しかし、いくら天才少女でもネタが尽きたので後半は一般的な質問しかできなかったのではないでしょうか」

ウィバーの説明は理に適《かな》っていた。

だが、モヤモヤしたものが夏希の頭のなかに渦巻き始めた。

「最後のメッセージも奇妙です」

「ええ、不思議な言葉ですね。『ボクに会いたくなったら、ブローカ野をさまよってみて』……ブローカ野とはどんな器官なのですか」

「ブローカ野は、大脳皮質の前頭葉の言語処理に関わる領域です。運動性言語中枢とも呼ばれ、発話能力を担っています。わたしたちが、喉《のど》や唇、舌などの器官を動かして発話できるのはブローカ野の働きです。失語症の研究からこの領域の機能をあきらかにした十九世紀フランスの医師で人類学者のピエール・ポール・ブローカの名前にちなむものです」

「ブローカ野をさまよえとは……」

「わかりません。発話と関係あるのでしょうか……もしかすると、これはミーナちゃんのわたしに対するメタメッセージなのではないでしょうか」

「メタメッセージですか」

ウィバーは両の眼を大きく見開いた。

メタメッセージは心理学ではなく社会学の概念である。あるひとつのメッセージが持つ本来の意味を超えて、別の意味を伝えるようになっている場合を指している。文学で言えば、暗喩《あんゆ》が近い意味を持つ言葉である。

「ブローカ野をさまよえとは、さっきのクイズの九つの答えのなかをさまよってみろという意味にも解釈できるのです」

「本当でしょうか」

ウィバーは納得しているようすではなかった。

「わたしには、この一連の質問はとても奇妙に思えます。論理的な頭脳を持つミーナちゃんが、解剖学における九つの概念を無意味な順番で列挙していることに違和感を覚えるのです」

「どういうことですか」

「たとえば、大脳皮質やクモ膜は脳内の薄い層ですし、ニューロンは脳全体で構成素子となっているものです。一方、脳内のある程度広い領域を示すのが側頭葉、後頭葉といった単語です。脳内の階層としてもメチャクチャです。大脳皮質は脳の表面に位置し、海馬は奥底にあります」

「なるほど……」

とつぜん頭のなかがチカッと光った。

「待って下さい」

「どうかしましたか」

「後半の答えを繰り返してみましょう。大脳皮質、海馬、モンロー孔あるいは室間孔、ニューロン、クモ膜、側頭葉、後頭葉、白質、神経核です」

「どんな意味があるのでしょうか」

ウィバーは首を傾げた。

「この九つの答えにミーナちゃんが伝えたいなにかが、隠されているのではないでしょうか」

「つまり……暗号と言うことですか」

ウィバーの瞳《ひとみ》が光った。

夏希は無言であごを引いた。

「では、暗号解読の専門家に連絡しましょう」

「その必要はないと思います」

「なぜですか」

「もし、ミーナちゃんが暗号を送ってきているとしたら、わたしにも解けるようなレベルのような気がします。彼女はわたしとのゲームを楽しんでいます。専門家でなければ解けないような難解な暗号を突きつけるとは思えません」

「なるほど……」

「たとえば、答えから最初の一文字を取り出してみましょうか」

「大海モニク側後白神……意味がとれませんね」

ウィバーは首を傾げた。

「あっ！」

「何か気づきましたか」

ウィバーは身を乗り出した。

「外国語なのではないでしょうか」

「や、訳してみてください……まずは英語に」

舌をもつれさせて、ウィバーは頼んだ。

「すべては覚えていません。関連ウェブサイトを見させてください」

ちょっと恥ずかしかったが、夏希は正直に告げた。

「それはできません……わたしが調べます」

ウィバーはスマホと手帳を取り出した。

「じゃあいきますよ……大脳皮質」

「Cerebral cortex」

スマホをタップして翻訳するそばから、ウィバーは手帳に書き込んでゆく。

「海馬」

「Hippocampus」

「モンロー孔、もしくは室間孔」

「Monro forame あるいは Interventricular foramen」

「ニューロン」

「Neuron」

「クモ膜」

「Arachnoid mater」

「側頭葉」

「Temporal lobe」

「後頭葉」

「Occipital lobe」

「白質」

「White matter」

「神経核……これで終わりです」

「Nucleus」

ほうっと息を吐いてペンを置くと、ウィバーは手帳を夏希に掲げて見せた。

「頭のひと文字を並べると……ＣＨＭＮＡＴＯＷＮ……待って！」

夏希の額に汗が噴き出た。

ウィバーがつばを飲み込む音が聞こえた。

「モンロー孔でなく室間孔だとすると……」

夏希とウィバーは顔を見合わせた。

「ＣＨＩＮＡＴＯＷＮ！　チャイナタウン！」

二人の声が重なって響いた。

「ミーナちゃんは国外には連れ出されていないのですよね」

「ええ、ほぼ百パーセントそれはあり得ません」

「だとすると、横浜と考えていいのではないでしょうか」

なんと夏希の勤めている科捜研のある地域ではないか。

「横浜、神戸《こうべ》、長崎に三大中華街があるわけですが、圧倒的に横浜の可能性が高いですね」

「ええ、ミーナちゃんは逗子の住人ですから、単に中華街と言えば、横浜を指していると思います」

「灯台もと暗しとはこのことだな」

ウィバーは低くうなった。

「ミーナちゃんは横浜中華街のどこかに軟禁されているに違いありません」

「さっそく捜し出しましょう」

ウィバーは大きく身を乗り出した。

「でも、どうやって？」

夏希の問いかけに、ウィバーは戸惑いの表情を浮かべた。

「大部隊を繰り出す……わけにはいかないですね」

「ええ、ＣＩＡでも米軍でも大部隊が中華街を捜し回ったら、マスメディアが集まってきます。それ以前に、観光客のスマホが容赦なく全国に拡散しますよ」

「おっしゃるとおりです。大変にまずい問題となります」

ウィバーは顔をしかめた。

夏希の頭のなかには、黒服のＣＩＡが列をなして朝陽門《ちょうようもん》から中華街大通り《ちゅうかがいおおどおり》に入ってゆく姿や、迷彩服の米特殊部隊がアサルトライフル銃を手に手に市場通りを匍匐《ほふく》前進する姿が浮かんだ。……まさか、そんなことができるわけはない。

「少人数で探すのは大変ですね」

「ええ、数人では容易に見つけられないでしょう。たとえば、朝陽門、延平門《えんぺいもん》、朱雀門《すざくもん》、玄武門《げんぶもん》の東西南北の牌楼《パイロウ》に囲まれたエリアはおよそ五百メートル四方です」

「はい、科捜研もその北端にありますから」

東の朝陽門と北の玄武門を直線で結んだ広東道《カントンどう》の北側に科捜研がある。

「このエリアには六〇〇店を超える店舗数があります。中華料理店だけでも二〇〇店以上もあるそうです」

「六〇〇店ですか……」

たしかに狭い地域にたくさんの店が軒を並べている。一軒一軒捜すのは困難だろう。

「中華街マップです」

ウィバーはマウスを操作してディスプレイに中華街の詳細図を映し出した。飲食店はもとより、土産物店、食材店、食器店、写真館、クリーニング店の店名や雑居ビルの名前が表示されている。

漢字とローマ字が併記してある。ＣＩＡが独自に作成した地図だろう。

「県警に依頼してはどうですか」

「それはできません。ミーナの保護は我々の任務です」

ウィバーは眉間《みけん》にしわを寄せて突っぱねた。

「でも、わたしたち県警なら大人数が中華街で捜査をしても、不自然ではありません」

ウィバーは首を横に振った。

「誰であれ、中華街のなかを大人数で動き回っては《ディスマス》に勘づかれます。ミーナをほかの場所に移されては元も子もありません」

ディスプレイの中華街マップを眺めているうちに、夏希はハッと気づいた。

「ブローカ野！」

夏希の叫びに驚いて、ウィバーは一瞬身を反らした。

「ブローカ野がどうかしましたか」

「ミーナちゃんの言葉に従ってブローカ野をさまようんですよ」

「どういうことですか」

ウィバーは夏希の目をじっと見た。

「中華街全体を脳だと考えてください」

夏希はディスプレイを指先でまるくなぞった。

「なるほど。なるほど」

「そうだとすると、ブローカ野はこのあたりではないでしょうか」

夏希は左下の横浜関帝廟《かんていびょう》付近を指さした。

「あっ、そうかもしれませんね」

ウィバーは声を弾ませた。

「もちろん、外れているかもしれません」

「でも、最初に関帝廟付近から捜索を開始しましょう。真田分析官の推理が合っていれば、ラッキーこの上ない」

『三国志』に登場する豪傑で、劉備《りゅうび》に仕えた武将の関羽《かんう》が神格化された関帝を祀《まつ》る廟所が関帝廟である。華やかで精緻《せいち》な装飾に富む横浜中華街の関帝廟は、街に住む人々の尊崇を集めて大切にされてきた。

「もっとも、範囲を絞ってもたくさんの建物がありますが」

答えを返しながら、夏希のこころのなかにはアリシアの姿が浮かんでいた。

「いい捜査方法があります」

「聞かせてください」

ふたたびウィバーは身を乗り出した。

「警察犬のアリシアです」

「真田分析官と一緒にたくさんの事件を解決してきたドーベルマンですね」

「詳しいですね」

「あなたの仕事のことは、可能な限りは調べさせて頂きましたから」

あまり嬉《うれ》しくはなかったが、この際、話が早い。

「では、アリシアの優秀さはよくご存じですよね」

「はい、わかっています。彼女は世界的に見ても優秀な警察犬と言えます」

「アリシアなら、きっとミーナちゃんを見つけ出してくれます」

ウィバーはしばらく考えていたが、やがて夏希の目を見据えて言葉を発した。

「アリシアに出動してもらいましょう」

「彼女の相棒も必要です」

「小川祐介巡査部長ですか……できれば、真田分析官以外の日本警察官の手は借りたくないのです」

「でも、小川さんとアリシアは切り離せません」

夏希は言葉に熱を込めた。

「わかりました。日本国の警察庁長官と神奈川県警刑事部長を通じて小川巡査部長とアリシアに捜査協力を要請しましょう。もちろん県警のほかの捜査官には知らせない秘密捜査とします……小川巡査部長の所在を確認してみましょう」

ウィバーは部屋の隅に行って、英語でしばらくどこかへ電話を掛けていた。

夏希にはネイティブの米語はさっぱりわからなかった。

「小川巡査部長は現在、保土ケ谷《ほどがや》区でアリシアとともに捜査に従事しているそうです。三十分以内で迎えに行けます」

電話を切ったウィバーは明るい声を出した。

「ミーナちゃんの匂いのついた衣服などが必要ですね」

「龍造寺家で働いている野村直美に取って来させて、別の部下に逗子から中華街に運ばせます。四十分もあれば到着します」

「わたしも一緒に行きます」

「もちろんです。ミーナと接触できたときに、真田分析官のお力が必要です」

「彼女を救い出すために全力投球したいです」

ウィバーは静かにあごを引いた。

「小川巡査部長とは関帝廟近くの地久門《ちきゅうもん》で待ち合わせてはいかがでしょうか」

横浜中華街には東西南北の門のほかに、六つの門がある。大地の永遠を象徴するこの門は、関帝廟通りの西端に建つ。

「いいですね。時刻は？」

「そうだな、二十一時でどうでしょうか。その時刻であれば、大方の店は閉まります。できるだけ急いで捜索したいが、夕方では人目が多すぎます」

「では、ふだん着に着替えて来るように小川さんに伝えてください」

ウィバーはうなずくと、夏希の目をじっと見据えた。

「繰り返しになりますが、あなたが潜水艦内で聞いた話は、小川巡査部長にも一切話さないでください。あくまでもミーナ保護のための捜索に出動したということ以外は、我々の正体も含めて一切口にしないで頂きたい」

「わかっています。ご心配なく」

くどいくらいに念を押すウィバーに閉口しつつも、夏希は素直に答えた。

「二十時までに出かける支度をお願い致します」

ウィバーは一礼して去った。

「なにがあっても、ぜったいにミーナちゃんを救い出さなきゃ」

夕陽に染まる横浜港を眺めながら、夏希は決意を口にした。

【2】　二〇二〇年九月二日（水）

八時五十五分。

地久門から二百メートルほど離れたＪＣＨＯ横浜中央病院の前でＣＩＡのクルマが停まった。

目立つキャデラックではなく、グレーメタリックの国産ミニバンだった。

ウィバーのほかに同乗してきたのは、すべてがアメリカ人と思《おぼ》しき外国人だった。

三人は白人、一人は黒人だった。

ノースドックに到着したときに見かけた連中に違いない。

大柄の男ばかりなので、車内はひどく狭く感じられた。

車中で彼らは一切、喋《しゃべ》らなかった。

護送されている囚人のような気分になって、夏希も口をきかなかった。

「さぁ、真田分析官、頼みましたよ」

隣に座るウィバーから声を掛けられ、夏希はクルマを降りた。

「グッドラック！」

ウィバーが片目をつぶると、スライドドアが閉まった。

降りたのは夏希一人で、ウィバーと四人の部下はそのままクルマに残った。

すでにこのあたりの建物の照明は落ちていて、人通りも少ない。

細い一方通行の並木道を逆方向に歩いてゆくと、背中がじとっと汗ばんでくる。

後ろを振り返っても人影はない。

もちろんウィバーたちは跡をつけてきているはずだ。

もっとも素人の夏希に気づかれるようなＣＩＡではないだろう。

右手にライトアップされた色鮮やかな地久門が見えてきた。

地久門を支える左の柱のかたわらに小川とアリシアが立っている。

「真田っ」

ロゴの入った白Ｔシャツにデニム姿の小川が歩み寄ってきた。小さいショルダーバッグを肩から提げている。

「しーっ、大きな声を出さないで」

「すまん」

小川は肩をすくめた。

舌を出したアリシアがつぶらな瞳《ひとみ》で夏希を見上げている。

「アリシア」

夏希は屈《かが》み込むと、アリシアの首を両手で抱いた。

顔をくっつけてもほとんど動かず、アリシアは夏希にされるがままになっていた。

「あなたが頼りなの。頑張ってね」

「くうん」

アリシアは小さく鳴いて答えた。

身体を離すと、アリシアは夏希の掌《てのひら》をペロリとなめた。

夏希は、アリシアの頬のあたりをなで回した。

「真田をここへ連れてきたのは、いったいどういう連中なんだ?」

「さぁ……詳しく知らないけど、警備部と関係があるんじゃないの?」

夏希はとぼけた。

「なんで警備部が誘拐事件に首を突っ込むんだよ」

苦情めいた小川の口調だった。

「わたしに聞かないでよ。わたしだって黒田部長の特命で動いてるのよ」

制度上はウソではない。

夏希に言えるせいいっぱいの答えだった。

「黒田刑事部長から俺に直接電話があったんだぞ。そんなことあり得ない話だろ」

「たしかに……」

警視長が巡査部長に直接話をすることはまずない。

「鑑識課長にも電話があった。二十一時に中華街の地久門にアリシアを連れて行けというんだ。しかもふだん着に着替えろっていう話だ。意味がわからないと思っていたら、タクシーが現場《げんじょう》まで迎えに来た。着てきた服は本部にあるから、海岸通りに寄って着替えてきたよ。ちんぷんかんぷんだよ」

小川は眉《まゆ》をひそめた。

「とにかく、アリシアに力を借りてミーナちゃんを捜さなきゃ」

「そんなことはわかってるよ」

無愛想な声を出して隣で屈むと、小川はミニショルダーから証拠品収納袋を取り出した。

ファスナーつきのポリ袋には、一枚のハンカチが入っている。

白いタオル地に赤いハートが散ったブランドもののハンカチだった。

小川は人目をはばかるように、ハンカチをアリシアの鼻先にあてた。

鼻を鳴らしたアリシアは、目をつぶったり開いたりして匂いを嗅《か》いでいる。

「洗濯前のハンカチやTシャツが手に入ったんで助かったよ。ここへ来るクルマのなかでも嗅がせてみたんだ」

「アリシアはきっとミーナちゃんを見つけてくれるよね」

黙ってうなずくと、小川はアリシアの背中を撫《な》でて立ち上がった。

「さぁ、アリシア行くぞ」

小川はハーネスに力を入れた。

アリシアの全身に力がみなぎり、尻尾《しっぽ》をぴんと立てて歩き始めた。

「匂いのもとを見つけたの？」

犬の嗅覚《きゅうかく》は人間の一億倍とも言われるが、遠距離は無理だと以前の事件で小川に教わった。鼻が利くのはせいぜい数メートルだそうだ。

「いや、まだだ」

小川は小さく首を横に振った。

「ミーナちゃんはこの通りを歩いたのかな」

「当然クルマに乗せられていただろう」

「こんな狭い道で人があふれているのに？」

「おおかたの店は九時か十時くらいで閉まる。深夜なら誰もいないさ」

「でも、クルマだと匂いは残らないね」

「そうだな。でも、必ずどこかで下ろされて、建物に入るまでは歩かされたはずだ。その地点をきっとアリシアは見つけてくれるさ」

夏希と小川とアリシアは地久門から関帝廟通りに入っていった。

小川は後ろを振り返った。

「跡をつけてきている者はいないな」

誰かが尾行しているはずだが、気づかれるようなＣＩＡではないだろう。

「振り返らないほうがいいんじゃない」

「そうだな……なるべく目立たないほうがいいからな」

小川にふだん着を着せたのは、むろん、まわりの人々にアリシアを警察犬と見せたくなかったからだ。盲導犬などの訓練中という雰囲気を出したかった。

それでもそぞろ歩く人の視線はアリシアに集まってくる。

左手には横濱中華學院の校舎が続く。右手には洋品店や古美術の店などがちらほら見える。

アリシアは前方をしっかり見据えて頭を真っ直ぐにして歩いている。

赤い柱に支えられた金彩《きんだみ》の華やかな門が左手に見えてきた。

ライトアップされていて極彩色に輝くその姿に、夏希は目が回りそうだった。

完全に中国風の寺院である。

屋根の両端に鴟尾《しび》と呼ばれる青龍《せいりゅう》の屋根飾りが向かい合っている。

極彩色の北京《ペキン》瑠璃瓦《るりがわら》を載せた奥の本殿はさらなる華やかさだった。

すでに閉門されているが、何人かの人が石段を上ったところでスマホを取り出し、記念写真を撮っている。

開港直後に関帝を祀《まつ》る祠《ほこら》が置かれてから、およそ一五〇年間、この場所で街を見守ってきた。現在は四代目で、一九九〇年に中華街の人々の力で建て替えられた。

関帝廟を過ぎても、アリシアは真っ直ぐに歩き続けている。

しばらく歩くと、両側は中華料理店だらけになった。

通りをはさんで赤い提灯が軒下から何列も吊《つる》されている。

道の両脇には石畳の歩道が続いている。

大方の店は閉まっているが、まだ人通りは絶えてはいなかった。

料理店、雑貨店、占いの店などに観光客が出入りしている。

しばらく行ったところで、いきなりアリシアが歩みを止めた。

道路の表面に鼻を近づけて繰り返し何度も匂いを嗅いでいる。

アリシアは夏希たちを振り返った。

「わんっ」

アリシアはひと声吠《ほ》えた。

「おっ、アリシアが見つけたぞ！」

小川の声が大きく弾んだ。

「本当なのっ」

アリシアは尻尾を振っている。

「ああ、間違いない。ここでミーナはクルマから下ろされたんだ」

左手には細い小路《こうじ》が延びている。

アリシアは、小路へと鼻先を突っ込んだ。

夏希と小川はアリシアに引っ張られて小路へ足を踏み入れた。

アリシアはいままでと違う姿勢で、鼻先を地面につけて匂いを嗅ぎながらゆっくりと前進し始めた。

「この道にはクルマは入れないね」

小路にはたくさんの看板が出ていて、通行人が看板に触れそうになって歩いている。

「お、なんだ」

「盲導犬かな」

アリシアは道行く人の注目を浴びたが、かまってはいられない。

十メートルも進まないうちに、アリシアが動きを止めた。

「困ったな」

小川は顔をしかめた。

「なにが？」

「アリシアを見ろよ」

アリシアは頭を右へ左へと振っている。

「どうしちゃったのかな？　アリシア」

「この匂いさ」

「中華料理の匂いか……」

夏希もうなり声を上げざるを得なかった。

ニンニクやごま油、酢や八角、丁字などの入り混じった中華料理の匂いが、四方八方の建物から流れ来ている。

「これじゃあアリシアは、匂いに邪魔されてミーナちゃんを見つけられないね」

夏希は嘆き声を上げた。

それでもアリシアは食べものの匂いがする方向へと近づいてはいかない。

アリシアの仕事意識を思うと涙が出そうだった。

いじらしいアリシアを、夏希は抱きしめたくなった。

「犬は自然の匂いに比べて人工的な匂いは苦手なんだ。香水と並んで酢の匂いも嫌いなんだよ」

「だから、いつも香水はつけるなって言うのね」

今日は香水をつけるチャンスもなかったが……。

「どうすればいいのか」

小川は立ち止まったままで腕を組んだ。

まさか近所の飲食店に料理をやめてくれと頼むわけにはいかない。

アリシアは小川を振り返って、「くぅうーん」と困ったように鳴いた。

夏希にも解決策は見つけられなかった。

「もう一度、ハンカチの匂いを嗅がせてみよう」

ふたたびハンカチを取り出してアリシアの鼻先に近づけた。

アリシアは何度か嗅いでいる。

ハンカチを離すと、アリシアは小川の顔を見上げた。

「さぁ、もう一回、頑張ってくれ」

小川はハーネスを握り直した。

アリシアは地面に鼻先をつけて匂いを嗅《か》ぎ続けている。
やがてアリシアは鼻を地面につけたまま前へと進み始めた。
だが、十メートルも進まないうちに、またも、アリシアは立ち止まってしまった。
夏希たちをアリシアは悲しそうな目でじっと見つめた。
「くそっ、またダメか」
小川が歯《は》噛《が》みした。
あたりには煙が立ちこめ、肉を焼くような匂いが襲いかかる。
「困ったね」
食欲をそそられるはずの匂いだが、夏希はイライラしてきた。
アリシアは何度も匂いを嗅いでいるが、ミーナの匂いを見つけられずにいる。
そのとき、潮の香りを乗せた風が吹き渡った。
煙が去ってゆく。
アリシアはふたたび前に進み始めた。
「よかった」
夏希は小さく叫んだ。
数メートル行ったところで、アリシアは立ち止まった。
さらに細い左の小路に入ってゆく。
この道は、人がすれ違うのがやっとの狭い道だった。

店舗は少なく、一般住宅も現れた。

人通りは完全に絶えた。

突き抜けると、クルマの通れる道となっているようだ。

小路に入ってすぐに立ち止まったアリシアは地面の匂いを嗅ぎ続けている。

左手に二階建てのRC構造の古びたビルが建っている。

建物の上には《Hotel Satin Doll》という名前の光が消えたネオンサインが見えた。

サテン・ドールは一九五〇年代に生まれたジャズのスタンダードナンバーだが、店の名前にもよく使われている。

ネオンサインをはじめ、照明は消えていてガラス窓のなかは暗く、営業しているようすはない。

エントランスまわりには、コーラの缶やタバコの箱などが散らばっている。

どうやら廃業になった小さなホテルのようだ。

クローズドとなって数年は経っている印象だ。

アリシアはホテルの右の端まで進むと、隣の建物の間に続く狭い通路へと入っていった。

隣は窓のない倉庫で、通路は人ひとりがやっと通れるほどの幅しかない。

ホテルの裏側には格子の入った窓が並んでいて、中ほどに通用口と思《おぼ》しきアルミのドアが設けられていた。

ドアの前で振り返ったアリシアは「うわんっ」と声高く鳴いた。

大きく尻尾《しっぽ》を振っている。

「ここだ！」

小川の声が響いた。

「やったっ」

夏希は小躍りした。

「どうする？　応援を頼むか」

「それはダメなんだよ。どこにも連絡しちゃいけないって言われてる」

「誰に？」

夏希は答えに窮した。

「刑事部長」

そう答えるしかなかった。

「密命捜査か……」

小川の言葉が宙に残っているうちに、背後から数人の男が通路に入ってきた。

「下がっていてください」

ウィバーだった。スーツ姿の部下の男たちを従えている。

「あんたら誰なんだ？」

とつぜんの白人男性の登場に、小川は驚きの声を上げた。

「静かにっ」

ウィバーは拳銃《けんじゅう》を取り出して短く小川を制した。

小川は身を硬くして口をつぐんだ。

一人の白人男性が進み出て、消音器つきの拳銃を構えた。

「プシュッ、プシュッ」

男性は二発続けて鍵穴《かぎあな》めがけて弾丸を発射した。

夏希の背中はこわばった。

「ドアブリーチングか……」

小川がうなった。

別の男がノブを引くと、ドアはあっさり開いた。

男たちは次々にドアの中へと入っていった。

アリシアが飛び込むように建物内に入った。

「おいっ、どうしたんだ。アリシア」

小川の身体が引きずられてドアに吸い込まれてゆく。

全身がガチガチになりながら、夏希も室内に足を踏み入れた。

ほこりっぽい臭いが鼻をついた。

風が入ってこないのでひどく蒸し暑い。

ぼんやり光っている避難口誘導灯でなんとか室内が見渡せた。

長いこと使われていないようなロビーだった。

赤っぽいカーペットには、あちこちにたくさんの段ボール箱が積んである。

積み重ねられた椅子も何列か見えた。

がらんとした室内には誰もいないように見えた。

白っぽいスケルトンのらせん階段が、二階へと続いて誘導灯の明かりに浮かんでいる。

階段下にウィバーの部下たちが四人控えている。

ＳＩＳのような特殊部隊らしい格好ではなく、誰もがスーツ姿のままだった。

ただ、頭にはヘッドランプが光っており、手に手に消音器つきの小型拳銃を構えている。

ドア近くに立つ夏希たちのそばにすっとウィバーが寄ってきた。

「危険ですから、ここで待っていて下さい」

ウィバーは厳しい声で告げた。

「ヴェンタ！」(vänta)

小川がスウェーデン語で「待て」と命令すると、アリシアは動きを止めた。

振り返るアリシアの頭を小川はかるく撫《な》でた。

「あんたらいったい何者だ？」

ふたたび小川は尖《とが》った声で訊《き》いた。

「声を出さないで！」

ウィバーは低い声で小川を制した。
男たちのうち二人が、身体を斜めに傾け、隙のない構えで階段を上っていった。
夏希の背中にじとっと汗がにじんだ。
しばらく音のない時間が続いた。
男のひとりが下りてきて首を横に振った。
ウィバーが短く英語で命令を下した。
もうひとりの部下も下りてきて、四人の男たちはロビー内を捜し回った。
暗いロビーに、ＬＥＤの白い光の筋が何本も交差した。
男たちは壁の物入れの扉を開け、カウンターの下も捜した。
しかし、誰を見つけることもできなかった。
「アリシアはたしかにこの建物に入ったのですね」
ウィバーが夏希たちに訊いた。
「あたりまえだろ」
小川は鼻息荒く答えた。
「アリシアが間違えるはずはありません」
夏希も言い返した。
そのとき、アリシアがしゅるりと小川の手を離れた。
ハーネスを持っていた手もとがゆるんだらしい。

「ヴェンタ！」

小川が叫んだが、アリシアはそのまま真っ直ぐに通用口とは反対側の壁に走った。

板壁の中央には百号以上もある縦長の油彩画が飾られている。

薄暗いのではっきりとはわからないが、中世の城郭らしきモチーフの具象画だった。

アリシアは首を上げ、油彩画額の下端あたりに鼻先を近づけて匂いを嗅《か》いでいる。

「アリシアが匂いを嗅いでるところを確認してください」

夏希の言葉にウィバーはうなずいて、部下に何かを命令した。

部下のひとりが油彩額を丹念に調べている。

男が額の下端部分に手を差し伸べると、油彩額がすーっと右にスライドした。

「あっ！」

夏希は思わず叫んでいた。

板壁に穿《うが》たれている隠し扉が姿をあらわした。

男性はウィバーに目顔で判断を仰いだ。

ウィバーは静かにあごを引いた。

「プシュッ、プシュッ」

黒人男性は扉の錠と思しき部分に二発を撃ち込んだ。

彼が手を掛けると、扉はわけなく開いた。

扉の向こうからは光が漏れ来る。

隠し通路が続いているのだ。

ウィバーがふたたび命令を下した。

「いいですか。この先に入ってはなりません。大変に危険です。また、どこへも連絡してはいけません。連絡したら処分を受けます」

ウィバーは夏希たちに向かって厳しい声で警告した。

返事をする間もなく、ウィバーも通路に入っていった。

アリシアがウィバーの後を追いかけて向こうに消えた。

「おい、待てよ。アリシア、帰ってこいっ」

小川のあわて声が響いた。

だが、アリシアは戻ってこない。

「どうする？」

夏希は鼓動を早めつつ訊いた。

「アリシアを放ってはおけない」

「行こう」

夏希たちは通路へと足を踏み入れた。

湿った匂いが鼻《び》腔《こう》に忍び寄った。

壁も天井も床も無機質なコンクリートの通路が十メートルほど続いていた。

通路の向こうにはドアが開かれ、素っ気ない二列の直管蛍光灯が光っていた。
夏希はよろけそうになる足を引きずるようにして前へと身体を運んだ。
こめかみが痛い。心臓が膨れ上がってくるような錯覚を感じた。
夏希たちは開け放たれたドアのなかへ身を乗り出した。
次の瞬間、立て続けに銃声が響いた。
引き返そうにも間に合わなかった。
十二畳ほどの部屋に夏希たちは足を踏み入れてしまった。
ホテルのスイートルームのリビングにも似た豪華なインテリアの部屋だった。
モダンなシャンデリアがやわらかい光を投げかけている。
「きゃあぁっ」
部屋のなかを見た夏希は、自分でも驚くほどの叫び声を上げてしまった。
ドアの近くの左右に五人が倒れている。
床に伏している者、うずくまっている者……。
突入したＣＩＡの全員が銃撃されて敗れたのだ。
ウィバーは意識はあったが、右手の壁を背にして座り込んでいる。
目を閉じて肩で大きく息をしていた。

【3】　二〇二〇年九月二日（水）

「動くなっ」

空気を震わせて中音の女の声が響き渡った。

部屋の反対側に黒シャツと黒デニムの女が立っている。

女は消音器つきの小型拳銃《けんじゅう》を構えていた。

自分たちに向けられている銃口に、夏希の全身は板のようにこわばった。

ＣＩＡの連中と同じ骸《むくろ》となって転がる運命なのか。

夏希は両手を宙に挙げ、反射的にホールドアップの姿勢をとった。

女の銃の構え方には少しの隙もなかった。

「お願い、撃たないで」

夏希はもつれる舌でなんとか声を発した。

膝《ひざ》ががくがくと震え、立っていられない。

「武器は持っていない……撃たないでくれ」

同じく手を挙げた小川のかすれ声が響いた。

東洋人の女はふふと短い含み笑いを漏らした。

夏希と同じくらいの年齢か。

恐ろしいほどに美しい女だった。

たまご形の小顔にちまっとした顔立ちは鼻筋が通ってどこかに気品があった。ひき結ばれた唇はつよい意思の力を感じさせた。

ただ、ひっつめた黒髪の下には暗い陰りと険があり、両の瞳《ひとみ》の眼光は異常なほどに鋭い。

どう見ても、ただ者でない。

この美女が《ディスマス》の一員なのか……。

「かもめ★百合を甘く見ていたようね。まさかここを捜し当てられるとはね」

癖のあるイントネーションで美女は言葉を続けた。

日本人ではないようだ。

美女の右隣に一人の男が立っていた。

樽《たる》のような身体の東洋人の大男で、筋肉の盛り上がった両腕で一人の美少女を抱きかかえている。やはり黒いシャツを着ている。

白い顔の少女は目をつむって動かない。

写真で見た龍造寺ミーナに間違いなかった。

華奢《きゃしゃ》な身体つきで、細い四肢が目立っている。

実物のミーナはいたいけな少女に過ぎなかった。

胸にクマのぬいぐるみを抱いている姿が痛々しい。

「ミーナちゃん！」

夏希の心臓は止まりそうになった。

「心配しなくていい。大事なミーナを粗末にするわけはない。ちょっと眠ってもらっているだけだ」

女は冷たい声で笑うと、夏希に向けて銃を構え直した。

全身がぶるぶると震え、夏希の歯はカチカチと鳴った。

「ここを襲うなら、特殊部隊の一個小隊で来ればいいものを。素人はこれだからな」

ウィバーたちの倒れている方向へあごをしゃくって、女はせせら笑った。

「さて……どちらからいくか」

女は、銃身を上下にかるくゆらめかした。

夏希は身を縮めた。

「先に百合ちゃんから逝《い》ってもらおう」

銃口は夏希の顔に向けられた。

夏希の膝は立っていられないほどがくがくと震えた。

全身の筋肉が引きつった。

心臓が膨れ上がって破裂しそうだ。

激しい耳鳴りとめまいに襲われた。

（もう……だめ……）

こんなところで一生を終えるとは夢にも思わなかった。

「苦しまないように、額に一発であなたを殺してあげる」

女は口もとに冷酷な笑みを浮かべた。

「ばしゅん」

一発の銃声が響いた。

反射的に夏希は目をかたく閉じた。

だが、痛みはもちろん、衝撃も感じなかった。

恐る恐る目を開けると、美女は右の二の腕を左手で押さえている。

彼女の拳銃が床に転がっていた。

女は身体を屈《かが》めようとした。

「おっと、俺を撃とうなんて考えないほうがいい。次は頭を撃ち抜くぞっ」

背後から恫喝《どうかつ》する低い声が響いた。

女は身体の動きを止めた。

大男は動かなかった。

動けば撃たれる。動けるはずがない。

「よしっ、投降しろっ」

背後から響く声には、聞き覚えがあった。

「上杉さんっ？」

振り返った夏希は素《す》っ頓狂《とんきょう》な声を上げた。

夏希には信じられなかった。

白いシャンブレーシャツを着た上杉が一人立っていた。

構えた小型拳銃の銃口からは薄く煙が立ちのぼっている。

あたりには焦げ臭い硝煙の匂いが漂っていた。

「くそっ。行くぞっ」

女は、さっときびすを返して背後のドアから姿を消した。

大男はミーナを抱えたままで後に続いた。

全身の力が抜けて、夏希はへなへなと床に崩れ落ちた。

上杉は女たちの後を追って、ドアの向こうへ進もうとした。

一発の銃声が響いた。

カーペットの上に転がった拳銃はそのままだ。

ドアの向こうで女は別の拳銃を手にしたのかもしれない。

「おっと、危ない危ない」

上杉は身をかわしてドアを閉めた。

「手負い猪は気をつけて追わないとな」

上杉は喉《のど》の奥で笑った。

「アリシア！」

はっと気づいて夏希は立ち上がった。

「アリシア？　アリシアは？」

アリシアの姿が見当たらない。

夏希は胸が締め付けられるようだった。

「大丈夫みたいだぞ」

上杉は左の壁を指さした。

左の壁面に設けられたクローゼットがバタバタと音を立てている。

小川が駆け寄って扉を開けた。

クローゼットからアリシアが勢いよく飛び出してきた。

「アリシアっ」

夏希は屈み込んでアリシアの首に抱きついた。

「くうううん」

アリシアは夏希の頬をペロリとなめた。

「よかった。本当によかった」

小川はアリシアを背中から両腕で抱えて頬ずりした。

アリシアは嫌がって身をよじった。

仕方なく小川はアリシアから身体を離した。

「あの連中のうち、二人は助かったようだな」

上杉は最初に入って来たドアへとあごをしゃくった。

いつの間にか、ウィバーと黒人の姿が消えていた。

「救急車呼ばなくていいんですか」

夏希は急《せ》き込むように訊《き》いた。

残った三人の白人は、生きているようには見えなかった。

二人は仰向《あおむ》けに一人はうつ伏せに倒れている。

上杉はささっと三人の頸部《けいぶ》に次々に手を当てた。

「手遅れだな」

上杉は暗い声で言った。

夏希は目を背けた。

「あいつらいったい何者なんですか」

小川の言葉に上杉はにやりと笑った。

「知らないほうがいいかもな」

「はぁ……」

上杉はスマホを取り出して何回かタップすると画面を覗《のぞ》き込んだ。

「そうか……」

微妙な表情でつぶやきを漏らした上杉は、誰かに電話を掛けた。

「ちょっと特別演出があってな。全員、取り逃がした。こっちの現場わかるか？」

相手が何かを答えている。

「そうか……頼むぞ」

短い会話で電話を切った上杉は、険しい顔つきに変わって言い放った。

「さ、行くぞ」

「どこへ行くんすか」

小川がぼんやりとした声で訊いた。

「悪党からあの子を助け出しに行くんだよ」

上杉は尖《とが》った声を出した。

すべての事情を知って、上杉はこの場にいるらしい。

「応援を呼んだほうがいいんじゃないんすか」

だが、上杉は首を横に振った。

「応援なんぞ待ってたら、ヤツらは高飛びしちまう。ほかに事情もあるんだ。俺たちだけでやるぞ」

「わかりました。行きましょう」

夏希はようやく普通の声が出せた。

上杉がドアを開けた。

「もう撃ってきたりしませんよね」

夏希がこわごわ訊くと、上杉は余裕のある笑顔を見せた。

「ああ、敵は雲を霞《かすみ》と、とっくに逃げ出してるさ」

上杉を先頭に夏希たちはドアの向こう側へと足を踏み入れた。

リビングと同じくらいの広さを持つベッドルームだった。

ツインのベッドのひとつは使われている形跡があった。

部屋の隅のテーブルには、さまざまなゲーム機器が置かれていた。

スナック菓子の袋やチョコレートの箱、アイスクリームのカップなどが散乱していた。

テディベアのぬいぐるみも何匹か残っていた。

自宅から持ち出したものは一匹のはずなので、《ディスマス》が新たに買って与えたのだろう。

ミーナが過ごしていた部屋に間違いなかった。

ウィバーが言っていたとおり、《ディスマス》はミーナの歓心を買うために相当に甘やかしていたようである。

赤ペンでたくさんの書き込みの入ったエストニアの地図もひろげてあった。ミーナが暗号キーの秘密を記した可能性を考えて、彼女の部屋から《ディスマス》が盗んだのだろう。

反対側の壁に開け放たれたドアがあった。

「この奥は抜け道になっているはずだ」

上杉の言葉通りに、無機質なコンクリートの廊下が延びていた。

ホテルのロビーの油彩画額の裏から続いていた通路とそっくりだった。

こちらも素っ気ない蛍光灯の照明器具が続いていた。

数十メートル進むと、一枚のアルミドアがあった。

ドアを開けると、古い倉庫だった。

ここにもまたほこりっぽい匂いが漂っている。

段ボール箱が乱雑に積んであった。

さらに次のドアを開けると、ほこりまみれのテーブルと椅子が並んでいる。

中華料理店だが、ずいぶん前から営業していないような荒れ方だった。

ガラス窓もほこりまみれで薄汚れている。

店の前には入って来た道とは違う道路が延びていた。

ガラスのスライドドアが開けっぱなしになっている。

一味は、ここから逃亡したに違いない。

「この店も連中のアジトだったんだな」

上杉がつぶやいた。

「さっきのホテルとは通路でつながってたのね」

アリシアは樹脂タイルの床の匂いを嗅《か》いでいる。

「ところで、さっきのあの女、いったい何者なんすか」

小川が訊くと、上杉は尖った声で答えた。

「おまえらが相手にできるような女じゃない」

「そんなのはわかってますよ。もうちょっとで殺されるところだったんだから」

小川は口を尖らせた。

「あとで話すよ……行くぞっ」

上杉は自動ドアから外に出た。

夏希も小川とアリシアも続いて前の道へと歩み出た。

シャッターの閉まったたくさんの中華料理店が並んでいた。

待っていたように左手からグレーメタリックのクロカンワゴンが近づいてきた。

上杉のランクルの覆面だった。

「俺が運転する」

上杉はドアを開けて運転席に乗り込んだ。

運転していた男は助手席に身体を移した。

「おい、早く乗れ」

窓を開けて上杉が叫んだ。

夏希たちはあわてて後部座席に滑り込んだ。

アリシアもしゅるるっと従《つ》いて来た。

もともとアリシアはケージに入らないでクルマに乗るのが大好きだ。

小川がドアを閉めると、ランクルはタイヤを軋《きし》ませてすぐに走り始めた。

「よかった。真田さん、本当によかった」

助手席の男が振り返って震え声を出した。

「お、織田さんっ」

「織田理事官っ」

夏希と小川の声が重なって響いた。

「あなたたちの身になにかあったら……」

織田は声を詰まらせた。

夏希の胸は熱くなった。

「真田たちは殺されかけたからな」

ステアリングを握る上杉が背中で言った。

「どうして織田さんがここに？」

「それはわたしが言いたい台詞《せりふ》です」

「これにはいろいろ事情があるんです」

「真田さんはＣＩＡに協力していたんですか」

織田はさらりと訊《き》いた。

「えっ！」

叫んだのは小川だった。

「撃たれた連中はＣＩＡなのか。なんで真田がアメリカの手下やってんだよ」

「それは……」

夏希は答えに窮した。

ランクルは狭い一方通行路を走り抜け交差点に出ると、右折して海の方向へと鼻先を向けた。センターラインのある道は、夏希もよく知っている開港道《かいこうどう》だった。

上杉は回転灯をまわし、サイレンを鳴らし始めた。

夜の街をランクルは山下公園方向へとひた走る。

「おいっ、織田。どっちへ曲がるんだ？」

上杉の声で織田は前方に向き直った。

ランクルは中華街東端の交差点に近づいていた。

右へ曲がれば、中華街のなかに戻る。

「朝陽門を出て、そのまま山下公園方向だ」

織田がスマホを覗《のぞ》き込みながら答えた。

謎だらけだった。

ミーナを拉致《らち》していた女が《ディスマス》の一味であることは間違いがない。

彼女は何者なのだろう。

さらには、とつぜん現れた上杉と織田も謎だった。

彼らはなぜ、ミーナが《サテン・ドール》に軟禁されていることを知っていたのだろう。

ミーナが発したクイズに隠された謎を夏希が解いたことを、二人が知っているはずはなかった。

織田はウィバーたちがＣＩＡであることも知っているようだ。

「上杉さんと織田さんは、どうしてミーナのことを？」

夏希は重ねて問うた。

「すべては後の話だ。まずはミーナの救出だ」

上杉は厳しい声で言い放った。

「わかりました。まずはミーナちゃんですね」

「そうです。彼女を救い出すために全力を尽くしましょう」

織田もきっぱりと言い切った。

いまはとにかく、ミーナの救出が最優先なのだ。

女は腕を負傷しているが、射撃の腕にすぐれていることは変わりない。

ミーナが《フロウ》の秘密を、女に漏らせば、世界中にパニックが巻き起こる。

なによりも、ミーナの身が案じられてならない。

女はミーナに危害を加えそうには見えなかったが、組織の方針が変わればどうなるかはわかったものではない。

あらためて夏希は気を引き締めた。

氷川丸の船尾が見える交差点から山下公園通りに入った。

右手には横浜を代表するクラシックホテル《ホテルニューグランド》本館の美しいアーチ窓が光って通り過ぎる。

（どうかミーナちゃん無事でいて……）

ブルーに染まるマリンタワーを越えて本牧へ向かうランクルのなかで、夏希は祈り続けていた。

本作品は、書き下ろしです。
本書はフィクションであり、登場する
人物・組織などすべて架空のものです。

脳《のう》科《か》学《がく》捜《そう》査《さ》官《かん》　真《さな》田《だ》夏《なつ》希《き》

デンジャラス・ゴールド

鳴《なる》神《かみ》響《きょう》一《いち》

令和3年 1月25日　初版発行

発行者●堀内大示

発行●株式会社KADOKAWA
〒102-8177　東京都千代田区富士見2-13-3
電話　0570-002-301（ナビダイヤル）

角川文庫 22504

印刷所●株式会社暁印刷
製本所●株式会社ビルディング・ブックセンター

表紙画●和田三造

●お問い合わせ
https://www.kadokawa.co.jp/（「お問い合わせ」へお進みください）
※内容によっては、お答えできない場合があります。
※サポートは日本国内のみとさせていただきます。
※Japanese text only

ISBN 978-4-04-110899-4　C0193

角川文庫発刊に際して

角川源義

第二次世界大戦の敗北は、軍事力の敗北であった以上に、私たちの若い文化力の敗退であった。私たちの文化が戦争に対して如何に無力であり、単なるあだ花に過ぎなかったかを、私たちは身を以て体験し痛感した。西洋近代文化の摂取にとって、明治以後八十年の歳月は決して短かすぎたとは言えない。にもかかわらず、近代文化の伝統を確立し、自由な批判と柔軟な良識に富む文化層として自らを形成することに私たちは失敗して来た。そしてこれは、各層への文化の普及滲透を任務とする出版人の責任でもあった。

一九四五年以来、私たちは再び振出しに戻り、第一歩から踏み出すことを余儀なくされた。これは大きな不幸ではあるが、反面、これまでの混沌・未熟・歪曲の中にあった我が国の文化に秩序と確たる基礎を齎らすためには絶好の機会でもある。角川書店は、このような祖国の文化的危機にあたり、微力をも顧みず再建の礎石たるべき抱負と決意とをもって出発したが、ここに創立以来の念願を果すべく角川文庫を発刊する。これまで刊行されたあらゆる全集叢書文庫類の長所と短所とを検討し、古今東西の不朽の典籍を、良心的編集のもとに、廉価に、そして書架にふさわしい美本として、多くのひとびとに提供しようとする。しかし私たちは徒らに百科全書的な知識のジレッタントを作ることを目的とせず、あくまで祖国の文化に秩序と再建への道を示し、この文庫を角川書店の栄ある事業として、今後永久に継続発展せしめ、学芸と教養との殿堂として大成せんことを期したい。多くの読書子の愛情ある忠言と支持とによって、この希望と抱負とを完遂せしめられんことを願う。

一九四九年五月三日